U0922688

王家岭大救援

“3·28”透水事故救援现场纪实

管　喻　李宏伟　齐作权　李宁波　赵向南　撰稿
孙荣祥　摄影

山西出版集团　山西人民出版社

《王家岭大救援》编委会

主　任　袁升德　王建武

副主任　兰炎平　杨小宁

编　委　（按姓氏笔画排列）

齐作权　任华杰　任灵杰　孙荣祥　李宁波
李宏伟　张　毅　张临山　杨木林　武俊鹏
赵向南　赵峻青　桂小纯　焦玉强　管　喻

感天动地　彰显大爱

——《王家岭大救援》序

中共山西省委常委、宣传部部长 胡苏平

2010年3月28日14时30分，山西省乡宁县。由中煤集团一建公司施工的华晋焦煤公司王家岭矿骤然发生透水事故，浑浊的小窑老空水瞬间淹没了赶建施工的作业巷道，153名正在一线施工的工人兄弟命悬一线。

消息传来，牵动各方。党中央得知灾难发生，焦灼万分。胡锦涛总书记紧急批示，要求采取有力措施，千方百计抢救井下人员，严防发生次生灾害。温家宝总理指示，要尽快摸清井下情况，加大排水力度，坚定信心，周密组织，争分夺秒，全力以赴救人。张德江副总理带领国家安监、卫生和工会等有关部门负责人星夜飞抵事故现场，指导抢险救援。山西省委书记张宝顺、省长王君等领导率领相关工作人员一边紧急赶赴事故现场，一边电话调动指挥施救工作。一路路紧急征调的救援队伍日夜兼程，赶赴王家岭；一辆辆装载着救援设施的车辆翻山越岭，奔抵王家岭；一队队火速调集的救援物资风雪无阻，汇集王家岭。人力，向这里汇聚；物力，向这里汇聚；爱，也向这里汇聚——一场感天动地的生命大救援，神速展开……

有效有力的指挥，科学有序的救援，几千名救援队伍的奋力抢救，被困了八天八夜的115名矿工兄弟挺过一个又一个生命极限，终于盼到最激动人心的一刻的来临！这是所有人望眼欲穿的八天八夜，这是震颤着亿万颗心灵的八天八夜，这也是震撼了整个世界的八天八夜！当获救的工人兄弟裹着春天的温暖升出冰冷的矿井，留下的，不仅有无数的感动，也有深深的感悟。

王家岭大救援是救援史上的伟大奇迹，也是生命的伟大奇迹；是中国的奇迹，也是世界的奇迹！这奇迹，源于党和政府对生命的尊重，源于受困人员对党和政府的坚强信心，源于有力的救援指挥和科学的救援措施；这奇迹，彰显了党和政府“以人为本、生命至上”的执政理念，彰显了国家的大爱和责任，彰显了社会进步和时代的风潮；这奇迹，表现出我国“一方有难、八方支援”的民族情怀，表现出我们的救援队伍不怕疲劳、连续作战、争取胜利的英雄气概，表现出共产党员在关键时刻的先锋模范作用；这奇迹，诠释着中国共产党的伟大和强大，诠释着社会主义大家庭的和谐与温暖，诠释着中华民族在灾难面前“不抛弃、不放弃”的浓浓同胞亲情！

在王家岭大救援中，山西人民义不容辞地担当起主力军的艰巨使命。在救援过程中，山西省委、省政府领导第一时间赶赴现场，并作出科学有力的救援部署，快捷有序地开展各种救援活动。各地方、各部门把救人当作压倒一切的头等大事，一切为救人让路，只要有一线希望就要尽百倍的努力。霍州煤电集团等11支救援队夜以继日，连续奋战，用无数双手托起一个又一个生命的奇迹。三晋儿女在抢险救援中迸发出惊天地、泣鬼神的豪情斗志，展现出气壮山河的良好精神风貌。

恩格斯曾经说过：“没有哪一次巨大的历史灾难，不是以历史的进步为补偿的。”王家岭矿难是惨痛的，但王家岭救援行动是感天动地的。大救援所体现出的伟大精神，必将激励我们的民族继续团结一致、万众一心、众志成城，为实现全面建设小康社会的伟大目标而努力奋斗！

这段可歌可泣的历史瞬间，必将成为一个珍贵的记忆。山西人民出版社积极担负党社职责，快速组织山西日报记者一线撰稿，在短短的十余天里，完成了这部《王家岭大救援》的策划、组稿、写作、编辑、出版工作，旨在为历史记录这悲壮而温暖的一刻，为未来传递这种民族的感动和力量。

我们为在此次矿难中奇迹般生还的兄弟祝福！为在矿难中不幸遇难者哀悼！

我们向所有为王家岭大救援做出贡献的人们致敬！

是为序。

我们一定找到你

管　喻

不管你被困在哪里，
不管巷道多么崎岖，
我们一定要找到你，
我们一定要救活你！

当石破天惊暗流喷涌，
黑水在井下修筑了地狱。
一百五十三名可爱的工友，
焉知阴阳两隔身可归己。

危险在向生命步步逼近，
死神已期待与亡灵欢聚。
不，人的生命是何等可贵，
魔鬼的计划怎能如意！

党中央和国务院关怀力透岩层，
省委省政府决策科学合理。
漆黑的矿井燃起太阳之火，
浑浊的井水荡起生的气息。
社会各界都在倾心关注，

全国全省犹如一盘大棋。
这里集合了财力物力人力智力，
瞬间组成了扭转乾坤的劲旅。

打孔通风，钢钻飞旋；
架泵排水，水流成渠。
数千人的抢险救援大军，
一寸寸将绷断的生命接续。

争分夺秒的八天八夜呀，
不给死神以任何喘息。
把危险碾碎困难踏扁，
永不放弃，
永不抛弃！

终于，
在那春日朗朗的清明节，
吕梁山上忽现惊世奇迹——
一百一十五朵生命之花，
开始诉说他们死而复生的经历……

目 录

引　子

2010年的清明时节，太多太多的汗水和泪水，被王家岭大功率水泵哗哗地排泻着。全世界的目光，见证了这场激烈悲壮的生死博弈。

在这场举世关注的矿井特大透水事故中，有115名井下被困人员闯过“生命极限”,“死”而复生,使传统意义上追忆逝者的清明节变成百余名工人的“重生日”！王家岭周围山坡上的山杏花欣然怒放,也似乎在欢呼这神话般的奇迹。

3月28日13时40分，位于吕梁山南麓的中煤一建王家岭项目部在建矿井，发生特大透水事故。事故发生时，当班井下261名工人。事故发生后，安全撤出108人，153人被困井下，生死不明。

一次猝不及防的矿难，撕心裂肺，痛绝人寰。

在此后的8天8夜约179个小时里，从党中央、国务院到山西省委、省政府，从胡锦涛总书记、温家宝总理到一线的抢险救援人员，从被困人员家属到普通市民，或高度关注、科学决策，或争分夺秒、抢险救人，或热切盼望、积极支援，共同谱写了一曲众志成城、绝不放弃、攻坚克难的壮丽诗篇！

王家岭“3·28”透水事故惊世大救援，创造了挑战生命极限的奇迹，创造了中国救援史上的伟大奇迹，注定将永远载入世界矿难抢险救援史册。

事故发生后，山西新闻媒体给予高度关注,《山西日报》派出了阵容强大的报道队伍，一个个记者分兵把守，抢险总指挥部、井口井下、山上山下、医院内外，都有他们活跃的身影。洒下无数的汗水，流下多样的泪水，心血之作化成一篇篇实时感人的新闻报道，具有强大视觉冲击力的第一手照片，更感染了众多读者。这些照片或许不够精致，文字或许值得推敲，但，它们都来自抢险救援的第一现场，是整个事件的最原生态的记录,是凝结了新闻工作者连续多日拼搏和血泪汗水的原生态新闻。谨以电子邮件加图片的方式,向亲爱的读者们奉献这些用大爱创造的新闻,让历史永远铭记这难忘的一刻。

第一封邮件
警报拉响，抢险救援在碟子沟全面展开

救援队入井

3月29日凌晨，张德江、骆琳、张宝顺、王君在王家岭矿“3·28”透水事故现场指导抢险救援工作。

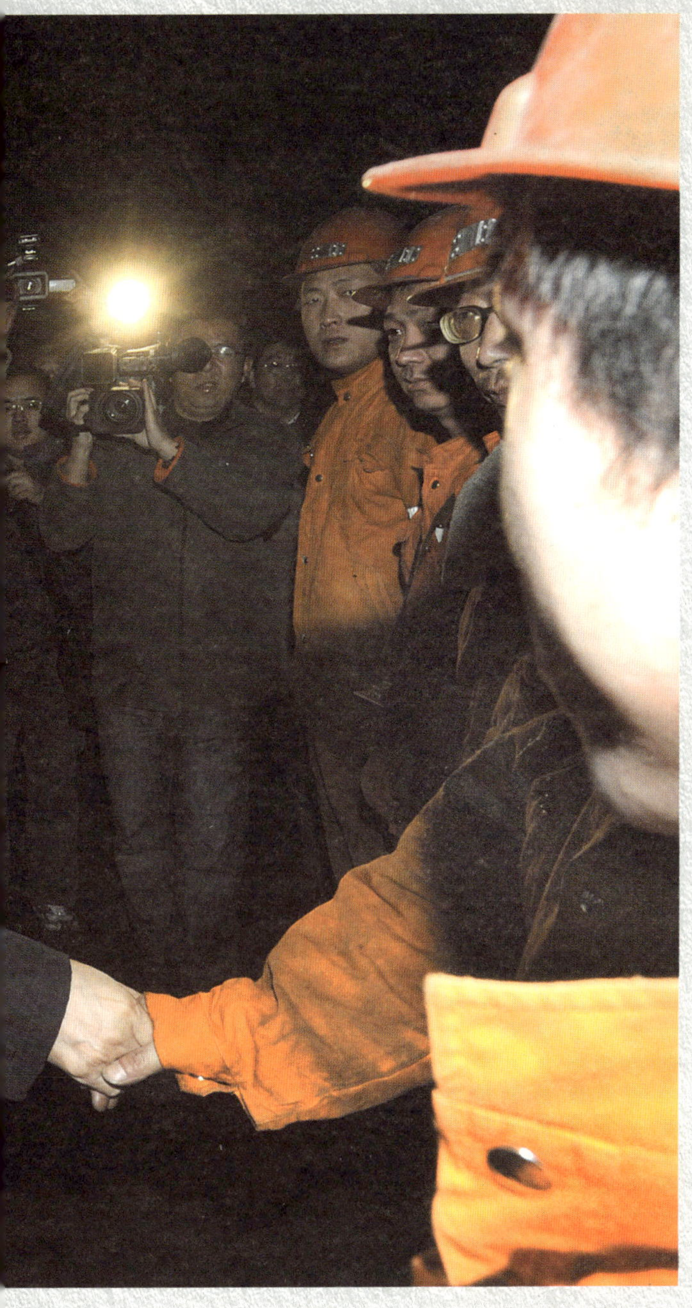

党中央、国务院的关怀力透地层

抢险措施敲定：首要任务是“救人”，关键措施是“排水”

山西表示：“要钱给钱、要物给物、要人给人。”

数千人的救援队伍、上百名专家、数万吨救援设备源源不断涌向王家岭。

王家岭煤矿项目，是国家和山西省“十一五”规划重点建设项目，位于河津市和乡宁县境内，面积约180平方公里，煤炭地质存储量23.42亿吨，可采储量10.36亿吨。该项目投资概算总额为51.68亿元。目前，项目已累计完成投资21亿多元，将建成国内一流、国际领先、安全高效的特大型现代化矿区。

王家岭煤矿办公区设在吕梁山下的河津市樊村镇固镇村。从这里乘车，沿209国道行驶十多分钟，开始爬山，便能进入乡宁县境。短短几公里山路，穿过石匣沟隧道、锅沿隧道、蝎虎沟隧道后，乡宁县西坡镇便映入眼帘。王家岭矿事故现场就位

3月29日凌晨，张德江、骆琳、张宝顺、王君等在王家岭矿透水事故现场指导抢险救援工作。

于该镇韩咀村碟子沟。

王家岭矿属于在建矿井，由中煤第一建设公司63处承建。这起事故是在施工建设工程中发生的一起透水事故。

中煤第一建设公司是全国500家最大建筑企业之一，现有职工1万余人，其中，各类专业技术人员2200人，主要承担大中型矿山建设，公路、铁路隧道等施工。该公司成立37年来，转战南北，先后参加了全国20多个省市的矿井建设，所建煤矿年总产量超过2亿吨，积累了丰富的施工管理经验，拥有雄厚的施工实力和领先的技术优势。

“王家岭矿发生透水事故啦！”

王家岭在建矿发生透水事故的消息，迅速传遍全国，牵动着亿万中国人的心。

中南海在第一时间接到事故报告，党中央、国务院高度重视，中共中央总书记胡锦涛作出紧急批示，要求采取有力措施，调动一切力量和设备，千方百计抢救井下人员，严防发生次生事故。他同时要求国家安监总局负责同志尽快赶赴现场。

接到报告，国务院总理温家宝立即作出指示，要求尽快摸清井下情况，加大排

张德江、骆琳、张宝顺、王君等在王家岭矿现场听取情况汇报。

水力度。坚定信心，周密组织，千方百计，争分夺秒，全力以赴救人。

此后，中央领导还多次通过电话、电报、视频等，了解救援进展，并给予有力指导。

28日夜20时30分，一架飞机从北京西郊机场划过夜空——受胡锦涛总书记和温家宝总理委派，中共中央政治局委员、国务院副总理张德江带领安监、卫生、工会等部门主要负责人直飞离事故现场最近的运城机场。

3月29日晨，张德江、张宝顺、王君等冒雨在王家岭矿事故现场查看排水情况。

3月28日22时许，张宝顺、王君、陈川平等在王家岭矿了解事故现场情况。

3月28日23时许，骆琳、张宝顺、王君、赵铁锤在研究抢险救援方案。

23时50分许，张德江副总理一行抵达王家岭。在一间简易工房改作的临时指挥部里，张德江副总理连夜召开紧急会议，他代表党中央、国务院亲切慰问救援人员，并发出总行动令：要把抢救井下被困人员工作放在第一位，抢时间，争速度，调动各种资源，尽快解救被困人员。重点安排抽水救人、通风救人、科学救人、成立抢险救援指挥部等工作。

29日上午，细雨霏霏，张德江副总理再赴“3·28”透水事故现场指导抢险工作。他指出，首要任务是救人，核心措施是排水。要围绕救人，调动一切可以调动的人力和设备。在听取了救援指挥部总指挥、山西省副省长陈川平的汇报后，他指出，第一要继续加大排水力度，科学布置、合理利用空间；第二要在大巷南侧进行钻孔，开辟新的导水通道；第三要尽快组织力量分析透水成因；第四要科学组织施救，合理排班，保证一线工作人员精力充沛；第五要确保救援安全，防止发生次生灾害。总而言之，要全力落实好胡锦涛总书记和温家宝总理的重要指示，千方百计抢救井下被困人员。

十余天里，中央领导牵挂着抢险救援工作的每一步进展，并通过视频连线、发祝贺电报等方式，指导抢险救援，鼓励一线抢险救援人员。

——国家安监总局局长骆琳接报后，与国家安监总局副局长、国家煤监局局长赵铁锤一道，匆匆与山西方面通了话，便率工作组火速赶往事故现场，组织研究制订科学救援方案。

从发生事故的第一天起，骆琳局长一直坚守在事故现场，连续研究部署救援方案，现场指挥抢险救援工作。每天，他拖着疲惫的身子，督查工作进度，冒着危险，深入事故井下，检查各项救援措施落实情况和排水进展情况。

——山西省委、省政府高度重视，省委书记张宝顺、省长王君在第一时间赶赴事故现场，指挥抢险救援。在急速奔驰途中，他们一边传达落实中央领导的指示精神，一边打电话调度各方力量迅速集结。电话不断，放下这个接那个，常常是一人接着四五个电话。他们表示，山西省委、省政府坚决落实中央领导的指示精神，调动一切可以调动的力量，要钱给钱、要物给物、要人给人，全力抢救井下被困人员。

山西省委常委、政法委书记、省人大常委会副主任杜玉林，省委常委、秘书长高建民，副省长陈川平、张建欣也先后赶到事故现场参与指挥抢险救援工作。

“不惜一切代价，调动一切力量，千方百计救人！”这是中国政府以人为本、挽救生命的铮铮誓言和钢铁信念。

按照中央领导的部署，王家岭矿“3·28”透水事故抢险救援指挥部立即成立。山西省副省长陈川平担任抢险救援指挥部总指挥，中煤集团总经理王安、国家煤监局副局长王树鹤等为副总指挥。抢险救援指挥部下设抢险救援组、救护队协调组、

3月28日23时30分许，现场救援队员正在往井下运送排水管道。

骆琳、张宝顺在王家岭矿“3·28”透水事故矿井下查看救援情况。

医疗组、保卫组、新闻组、善后组和后勤保障组7个工作组。指挥部全力落实张德江副总理定下的三条救人决策：

——抽水救人，尽最大努力从各方调集抽水设备，以最快的速度安装，以最大的能力排水。

——通风救人，要向井下强压通风，为井下被困人员提供生存支持。

——科学救人，成立专家组，科学评估，以最快的速度、最有效的办法进行抢救。同时，要防止瓦斯爆炸、塌方等次生事故发生 。

救人！救人！！救人！！！与时间赛跑，争分夺秒。

抢险救援指挥部认真落实张德江副总理的指示精神、国家安监总局的部署和山西省委省政府的具体要求，在已有7个工作组的基础上，又成立了3个工作小组：一是打眼组，二是井下涌水分析组，三是安全措施专家组，确保抢险救援工作万无一失、高效运转。

排水受阻，地形复杂，生命信号时隐时现，不管出现任何困难，抢险救援指挥部都没有一丝动摇，始终抱着“不抛弃、不放弃”、“一定要让井下被困人员生还”

王君在王家岭矿“3·28”透水事故矿井下查看救援情况。

的坚定信念，抢险救援工作始终在科学的轨道上迅速推进。

排水！排水！！排水！！！

从各地紧急调运的水泵等排水设备运往事故现场，公路一片繁忙，副总理张德江的车队特别为运送抢险救援设备的车辆让路。

霍州煤电集团、汾西集团、西山煤电集团、潞安集团等十支救援队紧急驰援。

28日17时，霍州煤电集团100多人的救援队伍，满载8卡车的水泵、管道、开关等救援物资来到王家岭，成为第一支到达的救援队伍。他们随即投入抢险战斗：卸设备、下水泵、抬管子、铺电缆……一趟又一趟地往返在主副井两个25度、600多米长的斜坡上。大家忘记了疲倦和饥饿，一心只想用自己的努力为井下被困工人争取更多的生存时间和机会。

事故发生5小时后，汾西矿业的38名救护队员赶到事故现场抢险救援……

河南、陕西等省也根据要求，陆续派出救援力量。由于抽水的水泵严重不足，国家安全生产应急救援指挥中心紧急从河南调来水泵和可以下井摸探情况的“蛙人”，从中科院沈阳机械化研究所调来机器人。

预备役部队来了，武警部队来了，海军和省水利厅的潜水员来了……他们主动承担了事故抢险救援指挥部现场警卫、事发坑口核心区警戒和协助运送获救人员等工作，筑起一道安全屏障，有效维护了现场秩序。

武警山西总队总队长仲轩亲临一线，看望慰问武警官兵，并现场向山西省委书记张宝顺请战：武警部队将全力支持抢险救援工作，全力以赴为地方政府排忧解难，需多少兵力，出多少兵力！

这一时刻，无论是谁，大家的目标只有一个：拧成一股绳，把153名矿工兄弟从死神的手里夺回来！

王家岭山沟里，那蜿蜒曲折的山路上，一下子聚集了千军万马。密集的汽车灯光刺破夜空，形成一条移动的“光龙”，全国各地的救援队伍在以最快的速度从四面八方赶向王家岭。

28日晚，中煤第一建设公司、华晋焦煤有限责任公司立即启动抢险救援应急预案；山西省临汾市、运城市的领导及乡宁县、河津市矿山救护队，省内外上百名专家星夜奔向事故现场；事故抢险指挥部从山西运城、临汾、霍州等地调来33台水泵、4010米钢管、8200米电缆、4150米通讯电缆、11台开关，全力抽取井下巷道透水，抢险救援工作紧张有序进行。

在党中央、国务院果断有力的部署下，一场争分夺秒的捍卫生命的战役在王家岭打响了。

3月29日凌晨，救援队员正往井下运送排水管道。

第二封邮件
透水事故，排水救人是关键的关键

3月30日，救援队员昼夜奋战，安装从四面八方运抵的排水设备。

排水！排水！！排水！！！

人们在焦急地等待着！

排水的速度决定救援的进度和成败，更是抢救被困井下工人生命的生死时速。排水量的大小，揪着人们焦急等待的心，更是被困矿工家属牵肠挂肚的希望。

一、透水事故发生了

3月28日下午，运料工小王跟着班长往井下运送材料，走到施工的巷道口，突

然袭来的一阵冷风几乎将他掀翻在地，紧接着就听到了轰轰的巨响，小王凭直觉感到要出事了，急忙冲出了井口。小王说水就在后面，可根本没看见水，就听到轰轰作响，就像发洪水一样。

小王所在班组有10多人同时在井下作业，但幸运逃生的只有3个人。7队19名工人只有5人逃了出来。一位幸存的工人眼见着水涌出来，吞没了10多名工友。风呼的来了，水都漫过了脚面，人们都往上跑，吓得没有魂了。水很臭，有臭鸡蛋的味道。

调查组初步判定，水是从中煤一建公司所属的27队作业面涌进来的。

二、惊魂未定的瞬间

提起这起10天前发生的矿难，李敏付依然心有余悸，他说："水撵着屁股跑的感觉太可怕了。"

来自河南省商丘市的李敏付是王家岭矿的瓦检员，负责矿井的瓦斯检测。他是透水事故发生后第一位察觉险情的矿工，在他的及时通知下，当班下井的261人中，108人迅速升井，避免了事故的扩大。

3月28日13时10分左右，李敏付来到20101工作面的回风巷道。14时，李敏付将在这里进行当天的第三次瓦斯检测。

在巷道里站了六七分钟，李敏付忽然听到风筒发出"嘭、嘭、嘭"的巨响。李敏付用手按了按风筒，"当时风筒压力很大，手按都按不动"。

"当时我还以为是风带被堵住了，赶紧过去检查，往前走了10米左右，发现空气里出现了灰尘，灰尘不是很大，就继续往前走了20米，突然发现能见度只有1米了，空气中灰尘明显增多。"

"我下意识地往地上看，发现1米远的地方涌起了20厘米高的水头，这时，我身后的一个皮带工也看见了地上的水，我们俩几乎异口同声地大叫一声'透水了，快跑！'"李敏付说。

"这时水流已经很大，水头越来越高，我们每一步都是踏着水在跑！"说到这里，李敏付激动得两只手在空中急速地挥舞，"当时脑子里一片空白，只想着跑，不停地跑，拼命地跑，这辈子从来没有跑得那么快过，我想我再也跑不了那么快了！"

他说："被水撵着屁股跑的感觉太可怕了！"

从回风巷通往出井口有一个联络巷，是个上坡，“当时坡上有几个27队的人往回风巷送料，我们就喊：‘快跑，你们的地方透水了！’”

“我们一边跑一边喊，一路跑下来，越来越多的人跟着我们跑。”李敏付说，“短短1000米，我不知道跑了多长时间，这段时间特别漫长，怎么跑都跑不到头。”

“其间，一些人则分头去通知其他巷道里的人，运输队的一位班长去4队和红旗队工作的地方喊人，我则跑到回风井底车场，给调度室打电话。”

“当时虽然很怕，但我想通过调度室通知工友们，让尽可能多的工友逃出来，可惜还有153名工人没上来，虽然后来有115人被救上来了，但他们都遭了罪了。”说到这里，李敏付神情黯淡。

三、被困矿工家属的期待

被困矿工的妻子何小琴一家就住在王家岭矿的家属区，他们一家都是这个矿的工人。这几天她每天都到矿上去等待救援的消息，每天都在经受痛苦的煎熬，她现在最后悔的就是丈夫走向矿难的时候，她还在睡梦中。

何小琴回忆道：“他6点钟起来就走了。他先下来吃饭，然后换工作服、开班前会、上班。一般他走的时候，只要我不醒他都不叫我，那天我没有醒。”

救援队员往井下运送水泵等排水设备

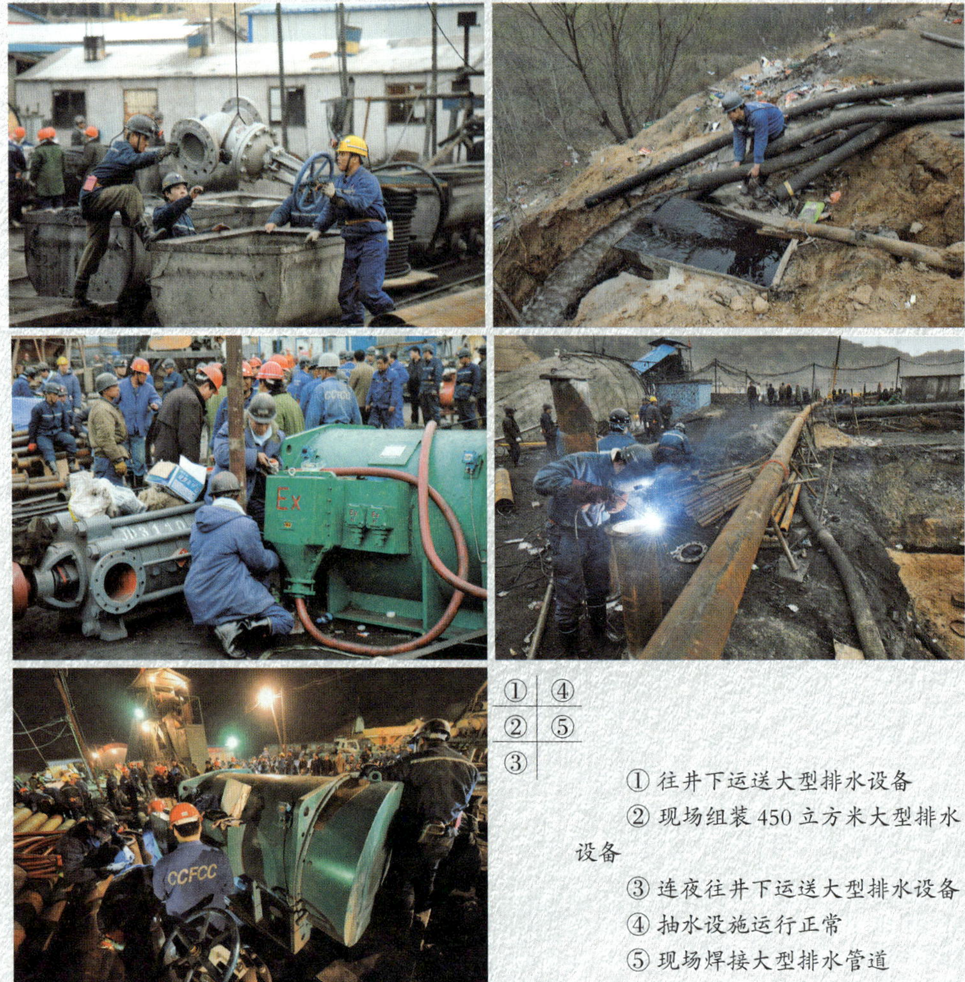

①④
②⑤
③

① 往井下运送大型排水设备
② 现场组装450立方米大型排水设备
③ 连夜往井下运送大型排水设备
④ 抽水设施运行正常
⑤ 现场焊接大型排水管道

何小琴的丈夫今年39岁，想想相依为命的亲人还在暗无天日的井下，何小琴的心都要碎了。在何小琴的家里，她的婆婆和小叔子谢庆国一样为亲人的安危彻夜难眠。

何小琴家所在的山西临汾乡宁县，当地很多男人都在矿上工作，只有煤矿上能让他们多赚到一点钱。

桥南弯村也是乡宁的一个贫困村，每个人平均只有两分地，靠种粮食根本就不可能把债还上，眼看着债务越来越重，二儿子也到了要结婚的年龄，于是郑家做了一个决定，要摆脱负债的局面，顺利让二儿子、三儿子结婚，只有一个办法，那就是全家的男子都到矿上打工，多赚些钱，争取用一年的时间把所有的外债都还完。

就这样，有着8年煤矿工作经历的大儿子郑进学把21岁的弟弟郑勤学也介绍进了王家岭矿。但让他们没想到的是，就在他们费尽周折把小儿子也介绍到矿上以后没多久，两个儿子都在这次事故中被困井下了。

4月2日，当井下出现敲击管道的声音的时候，全家人高兴极了。但随后，又有消息说，井下敲击声消失，生命迹象消失，他们的心又一下悬了起来，想通过电

视知道现场的最新进展，可又害怕电视里突然传来坏消息，实在忍受不住的时候，就到院子里发会儿呆，然后再忍着折磨，看会儿电视。

矿下有生命迹象，这一消息同时也燃起了胡心琴一家人的希望。

胡心琴说，她没有工作，家里每年靠种田只能收入两三千元，丈夫在矿上工作每个月一两千元的工资是他们家主要的生活来源，如果丈夫遭遇不测，她和两个女儿今后如何生活是她想都不敢去想的。

王家岭矿下曾经令人振奋的生命迹象没有再次显现，这让人们的心再次悬了起来。井下的黑暗中，饥饿、溺水、缺氧等随时威胁着153个被困的生命，人们焦灼的等待中多了几分悲观，但是没有人愿意放弃。

张建龙是山西乡宁岭上村人，由于父母亲都有不同程度的残疾，40岁的堂兄张建平对这个弟弟格外疼爱。张建平说，他们家堂兄弟一共5个，在弟弟张建龙被困井下的8天8夜里，其他的4个堂兄弟一直守在矿上等待消息，“困得不行了，我们就两人一组轮班，在地上打个盹儿，就是要等建龙平安回来”。

这种等待，对于每个被困工人家属来说是一种漫长的煎熬。

四、工友们的“祈祷”

关明利是河北邢台人，今年40岁。从1998年就进入中煤一建63处机电队，2009年来到王家岭矿，主要工作是在井下接线、接开关和铺电线。3月28日那天，本来在井下干活，因为地面需要换电缆，刚干了一小时，就看到井下跑出许多脸色苍白、气喘吁吁的工友，一问才知道井下透水了，许多工友被困井下。

“打出事后的30多个小时，我就一直在井下接泵、接开关，累得眼睛都睁不开了，当时心里急呀，那么多熟悉的工友被困，眼睛都急红了！”

王春强是普一队的班长，湖北襄樊人，主要负责安全。他们队里39人，主要在辅运巷工作。透水发生时井下有11个人没有跑出来。现在心里很急，急得不知该怎么办才好。

现在除过下井干活，就是每天在默默祈祷，求老天保佑，求抽水速度快点呀——早一天排水，153名工友就早一天有生还的希望！

五、排水——抢险救援的唯一途径

“3·28”透水事故当晚，抢险救援指挥部根据中央领导的精神作出“排水救人、通风救人、科学救人”决策部署后，排水成为关键中的关键。一位救援队队长说，透水事故救援，排水是华山一条道，没有别的办法。

王家岭矿透水，唯一的办法就是排水！从抢险救援工作一开始就全力以赴围绕排水展开了——排水的时速，就是153位被困矿工的生死时速！

抢险救援指挥部一方面立即调集山西五大煤炭企业抢险救护队立即增援，一方面调集邻近省、市支援水泵，尤其是大排量和特大排量的水泵。

山西焦煤接到事故报告后，立即启动应急救援预案参与组织事故抢险救援工作，集团总经理金智新、总工程师游浩第一时间赶到现场。山西煤电公司、汾西矿业公司和霍州煤电集团立即派出救护大队。截至29日凌晨，临汾救护大队、运城救护大队、乡宁救护大队等7支矿山救护队也已抵达现场开展救援。

中煤平朔公司第一批70人抢险队，携带大排量水泵4台、排水管路1800米、电缆5500米于29日凌晨抵达现场。中煤建安公司派出170余人的抢险队伍。中煤集团则有1783人投入抢险，携带水泵、电机、开关等主要抢险救援装备300余台套，矿用电缆3500米，排水管路1600米，工器具、扣件等附属配件600余套。此外，还派出4支医疗队及20多辆救护车在现场待命。

3月30日2时，西山煤电接到指挥部组织救援的命令后，迅速集结300余人急赴王家岭。杜儿坪矿和官地矿组织首批120名救援队员，准备好救援物资投入抢险救援战斗。随后，白家庄矿业公司、西铭矿、西曲矿增援的救援队员也陆续投入了日夜轮换的抢救工作中。

一支支队伍向这里急速增援。当得知153名工友还在暗无天日的井下生死

大型排水设施不断从四面八方运到王家岭矿抢险救援现场

未卜时，所有的队员心气神拧到一起——立即投入战斗，把工友们早日救出来！

这是每一位救护队员的心声：虽然井下的工友素未谋面，但他们都是我们的好兄弟、好工友。

这是每一位救护队员的心愿：早一时下井救人，被困工友的生命就早一刻被拯救。

这是对153位兄弟生命的呼唤，这是每一位参与救援者的期待。大家在期待着，期待生命之花的绽放，期待生命奇迹的产生！

六、救援车辆在山上排成长龙

初春的吕梁山南麓，忽冷忽热。在山杏花即将绽放的时节，这个位于碟子沟村的在建的王家岭矿的坑口，来自全国、全省各地的救护队员和煤矿安全专家急速集结。来自各地的救援物资急速运来了，在沿山公路排成一条长龙，等待卸载。

4月31日上午，在距王家岭矿“3·28”透水事故现场不远的公路边，停着一长队满载水泵、电缆、缆绳等救援物资的大卡车。来自河北衡水的司机于广彬正在等待着。

“几天来，我在公路边亲眼目睹政府积极抢救生命，一刻不停，心里十分感动。”

排水口都有专人值守

小于说，3月28日晚接到任务后，他们拉上排水管就往山西赶，800多公里的路程，一口气跑了10多个小时，中间连饭也顾不上吃。到这里一看，送物资的车辆很多，排了好几里地，自己的车两天才往前挪了两三公里。

“跑这趟能挣多少钱？”

“谁还提钱的事。这里好多车辆都是义务送物资的。”

既然救援物资这么紧急，为何要耽搁在路上？经过了解才得知，由于坑口地方小，救援物资下井需要一个过程，为不影响现场操作，指挥部决定，暂时把救援物资放在车上等待，需要什么，立即卸载什么。

等待的时间也是难熬的。司机们在驾驶室静静地等待着，饿了吃包方便面，

4月1日，在回风大巷巷底的抽排水点救援队员查看抽水情况。

渴了喝口矿泉水，困了打个盹。有许多车在山上一等就是三天、五天。他们坚持着，不仅是为等待着救援物资的卸载，更是担心急需的物资不能及时送到坑口，影响救援。

七、5天5夜不熄火的“老解吊车”

王家岭矿“3·28”透水事故发生后，各种救援物资源源不断地从四面八方运来，其中最主要的就是重达几百公斤至几吨的水泵和各种型号的钢管。这些物资运抵后如何卸载安置呢？这就要求助于两台巨型吊装车。

救援现场的这两台吊车，车身上的四个大字“老解吊装”十分明显。老解就是吊车的主人，名叫解金管。“从3月28日晚上，我们就忙开了，运物资的车一辆接

4月1日，救援队员在回风大巷安装第四台抽水泵。

4月1日，在回风大巷巷底第四台排水量为220立方米/小时的水泵调试安装好，救援队员正将水泵往水中放置。

着一辆，最多的时候足足排了5公里长。”老解说：“因为地方有限，不能乱放，排水用的大家伙要尽可能离井口近一些，其他物资都要按类分开。”

救援前期，随时都有物资运来，老解和3名司机每两人负责一辆吊车，轮番上

阵，连续运转，吃住都在司机操作室里。老解说：“实在太紧张了，井下十万火急等着排水，我们加快一秒就等于为被困人员多争取了一秒生存的时间，一刻都耽误不得，两台吊车昼夜不停地干，5天5夜没有熄火。”

老解遇到的最大困难是吊卸大功率水泵，一台电机加上一台水泵就有14吨重，还要绕过空中的电缆。吊车吊装宜高不宜远，因为水泵太重，吊杆一伸远，吊车就可能倾覆，所以只有一点一点地移动。现在想起来，老解都直摇头，“花了两个多小时才把水泵移到位，通身大汗淋漓，周围运转不开，太难了”！

更多的时候，老解是被现场的救援人员感动着。“我看到，汾西矿业的董事长都亲手搬管子，其他人更是全力以赴了，吃不好睡不着，没日没夜地干活儿。”他很有感触地说：“这里所有的人可以说是不分你我，目标一致，众志成城。从中也看到了我们党的凝聚力、感召力，看到我们中华民族那种不计私利、奋勇献身的精神。”

八、11支救援队都以年轻人为主

这次火速赶来的这11支救援队，大多数都获得过“青年文明号”、“青年突击队”等称号，成员多数也是20多岁的年轻人。

不为人知的是，他们在救援一线危险重重。巷道里，到处是各种管道和线缆，不但阻碍前行，而且随时有可能划破皮划艇。另外，井下瓦斯含量也比较高，如果遇到明火，随时可能发生爆炸。

“其实，在这救援的几天时间里，我们随时都在面对各种危险，为了矿工兄弟的生命，这些都不算什么！”汾西集团矿山救援大队队长陈永生说。

临汾市矿山救护大队，也是第一个到达王家岭矿事故现场的救援队。

3月28日下午13时40分，王家岭矿透水事故发生后，临汾市矿山救护大队就接到了矿调度室的召请电话。

50分钟后，临汾市矿山救护大队67名队员在第一时间赶到事故现场，先向进风大巷进行侦察，发现水已经把整个巷道淹没了，就在现场配合矿上的工人安装排水装置。

九、无私无畏的救援队员们

十万火急！争分夺秒！刻不容缓！

来自全省各地的救援队员们的脑子里就是这几个字眼。加快排水，加快进度就是目标。这意味着与死神争抢被困人员的生命。

3月29日，指挥部从北京、阳泉、朔州和山西各大煤矿，紧急调来了10台大功率水泵，每小时抽水625立方米；同时采取井下强压通风措施，在7个救护工作队的基础上迅速成立了打眼组、井下涌水分析组和安全措施专家组，确保工作效率。一场由百名专家 、数千名救援人员、数万吨救援设备组成的庞大救援队展开了生命救援。从井下到井上，时时处处都能看到救援队员们忙碌的身影。抬管子、搬电缆、送矿车，有条不紊，紧张有序。在井下，队员们6人 、8人甚至10人一组，喊着号子把200公斤重的泵管和14吨重的水泵运到井下，一刻不停地焊接、安装和调试。在黑暗的倾斜的巷道里，每一项工作都需要付出多于平时几倍的努力。

来自霍州煤电集团团柏矿的救护人员刘庆芳、王三穴和队友28日下午第一批赶到救援现场后，一直忙着装电缆、装卸设备。第一天就往井下抬了7趟管子，一趟来回需要3个多小时。一节长6米、重500公斤的钢管，在斜井下需要20人来抬。狭窄的台阶，使人只能站在斜坡上，脚下是打滑的煤灰，稍不留神，就会滑倒，钢管就容易跌落，后果不堪设想。大家只有小心走好每一步。大家的腿都肿了，不能打弯。

在现场抢险救援的3000人中，到处闪现着一个个令人感动的身影。每人每天工作时间都在12个小时以上，这12小时的工作时间，每时每刻都承担着繁重的体力劳动，抬水泵，抬水管，下深井，从坑口到井下，救援人员通宵达旦、夜以继日地奋战，每天都付出艰辛，付出汗水。从下井输送管材到安装水泵，上千吨的设备，都在他们的肩上和手上，搬运到抽水点。他们与时间抢速度，与死神抢生命，他们是矿工生命的第一个接力者，是新时期最可爱的人，他们的行动，通过电视画面，赢得全国人民的尊重、理解和支持 。

十、科学排水　勇挑重担

“能在有效时间内完成任务的单位一把手，奖励100万元!完不成任务的就别干了!”抢险救援指挥部总指挥、山西省副省长陈川平在4月1日抢险救援指挥部全体人员会议上的一席话，将了与会者的“军”，也传递出不惧任何困难、不惜一切代价的救援信念。

事发短短3个小时内，王家岭矿井下100多米的巷道里涌出超过13多万立方米的水。运送排水设施的巷道长达600多米，且倾角大，工作最大断面只有约30平方米。而最重的水泵近14吨，全靠人扛肩抬，要把水泵分拆后运到井下，仅安装一台大型水泵就要花七八个小时。更复杂的是，突发的大水瞬间涌出，使施工机械和垃圾快速堆积，造成井下情况错综复杂。排水是重中之重，而排水慢成了一道

救援队员在回风大巷安装第四台抽水泵

瓦斯检测员在井下现场监测瓦斯浓度，为救援工作提供安全保障。

难解的题。

中煤集团承担着主进风井矿大泵的安装、维护等任务。可是由于种种客观原因，大泵开启后运行不太稳定，严重影响排水进度。得知这一消息后，山西省省长王君非常焦急，在随后召开的一次抢险救援指挥部全体人员会议上“急”了。他毫不客气地将中煤集团总经理的“军”：“中煤到底有没有金刚钻?拿不下我可就让其他队伍接手了!”中煤集团有关领导会后立刻重新组织技术力量进行“攻关”，终于在4月2日开通了流量能达到每小时450立方米的大泵。

“最早、最快、最好!”这是霍州煤电救援队的口号。他们用最快的速度排设管道，加紧排水，为营救被困人员争取时间。3月28日当晚11时，200余人的救援队伍，满载8卡车的水泵、管道、电缆、开关等救援物资，在第一时间到达救援现场，立即成立了临时抢险指挥部，明确责任分工，建立上下衔接的指挥体系，进行现场勘查，制订抢险方案和安全管理措施。

29日凌晨，山西焦煤汾西公司技术骨干第一时间来到事故现场进行抢险救援实地规划，先后商定了四套抢险方案，经过与技术人员反复研讨，最终敲定使用“四通一联”不间断排水法，为抢险救援赢得了宝贵时间。

30日2时15分，霍州煤电集团抢险队负责的回风巷—井底车场—回风斜井—地面1100米的排水系统开始正常运行，这是本次抢险形成的第一个排水系统，排水能力每小时达到150立方米。从4月2日15时到3日2时，抢险队员共连接管道50余米，在20度的斜坡上，他们要随着水位的不断下降向前移动这些水泵并不断延长输水管路，以确保每台泵都能顺畅运行。

巷道内的积水越往下越深，队员们要穿上防水衣裤，站在齐胸的水中作业。冰凉污浊的水不时灌入防水衣中，6台水泵轮番推进，6条管路不断延伸，巨大的劳动量和难耐的寒冷很快使队员们疲惫不堪。饿了，啃一口面包；渴了，喝一口凉水。但没有一个人退缩，没有一个人抱怨。

十一、“父子兵”井下并肩救人传佳话

常言说：打虎亲兄弟，上阵父子兵。在“3·28”王家岭矿透水事故抢险救援大军中，就有一对同时来到抢险救援现场并肩作战、携手救援的“父子兵”——52岁的父亲李效汤和25岁的儿子李健，他们都是山西焦煤西山煤电矿山救护大队的“尖子兵”。

4月1日，在回风大巷监测排水线，救援队员测到水位下降明显。

3月28日16时40分，李效汤正在副大队长孟全福的办公室里汇报上午到矿上监测瓦斯超限的具体情况。电话铃响了。孟全福接完电话，简单说了一句“快去准备，王家岭矿透水了，要咱们马上赶去处理”。然后，赶紧拨电话，通知当天正在值班、备班的两个中队集合，马上出发。

李效汤已经在救护队干了28年，连他自己都数不清曾参加过大大小小多少次瓦斯爆炸、水灾等专业救护了，目前在战训科工作，主要负责新队员岗前培训及老队员专业知识培训等工作。他知道，如果是小事故，不会出动两个中队的20多人、赶好几百里路去救援。李效汤收拾好所带装备，列队时，看到了在另一个中队中的儿子李健，父子俩点头示意。然后，各自乘车，直奔目的地。

28日约21时，山西焦煤西山救护大队赶到王家岭矿事故现场，接到指挥部的命令却是“原地待命。”

1日上午，李效汤接到第一项任务，和另外一名队员下井接了趟从井口至回风巷抽水点的专用“灾区电话”，方便了指挥部与排水点的及时沟通、及时协调。

4日22时许，按照抢险救援指挥部的统一安排，李健所在的第一梯队下井搜救，而李效汤所在的第二梯队则全副武装，在营地待命。

当得知儿子作为首批救护队员下井救人时，有人问李效汤是否为儿子的安危担心。李效汤说：“儿子是我的亲骨肉，我一天天看着他长大成人，很不容易，说不担心是假的。但井下被困的工友兄弟，哪一个不是父母的心头肉、家里的顶梁柱？”老李说，儿子已经在救护队干第5个年头了，也多次参加井下抢险救灾，相信儿子有能力救人，也有能力自保。

5日上午近10时，李效汤所在的第二梯队也接到了指挥部的下井侦察、搜救指令。

下到井底后，李效汤他们正赶上忙忙碌碌、热热闹闹的救人场面。在抬着遇险者穿梭于身旁的救护队员中，李效汤看到了满脸黑污、满头汗水的儿子李健。父子俩没顾上说一句话，只是点了点头，算是打了个招呼。

李效汤赶到积水区，“抢”了艘皮筏艇就往对面冲。

“当我往井口抬了趟遇险人员又返回井底时，发现父亲正在划皮筏艇救人。”李健说。

5 日上午，当那批 106 名遇险人员全部获救、李健二次升井后，在井口，他发现父亲正双手攥着上衣使劲拧，污水滴滴答答地往下掉。过去细问，才知道父亲在救人过程中曾跌落水中，李健又是心疼又是担心。

回到营地后，李健去找父亲，劝父亲请个假，第二天就别下井了。李效汤却说："不要紧，刚换了衣服，能扛得住！还有 30 多名工友生死不明，咱绝对不能找理由退缩。"

"我刚到救护队工作时，参加过 3 个月的岗前培训，是我老爸给我们培训的。就是回到家里，老爸也是言传身教，就怕我学得慢。"李健说。

李健下个月就要举行结婚典礼了，有人问李健会不会因为抢险救援影响婚期。李健呵呵一笑，说："干咱这行的，一接到电话，就得赶紧出动，咱早去一分钟，被困人员就多一分获救的希望。"

父亲李效汤于 1999 年曾荣获西山煤电救护专业技术比武"技术状元"，同年还获得了"技师"资格。儿子李健也于 2007 年荣获西山煤电救护专业技术比武"技术状元"。他们不仅是一对响当当的救援"父子兵"，还是一对顶呱呱的比武"状元兵"。

在这支队伍中，这样的"父子兵"还有好几对。中煤集团安装队 50 岁的吴敬国和 23 岁的吴刚，就是一对父子。他们与 30 个队友 3 月 29 日晚从河北邯郸赶过来，没有歇息，就直接下井搬运和安装电缆和水泵，一口气就干了 12 个小时。有时他们 20 多人抬一盘大约 20 吨的电缆，再苦再累，都会咬牙挺过来。

十二、排水遇到了困难

与时间赛跑，与死神抢时间，救援者克服一切困难，昼夜不歇，停工不停活，付出了艰辛的努力。但 3 天时间过去了，截至 3 月 31 日 18 时，水泵就从井下原有 1 台小流量的水泵增加到 11 台，总排量却仅达到 1125 立方米 / 每小时，累计排水量仅 2.63 万立方米，而且井下水位仅下降了 18 厘米。

据专家分析，当时井下的透水涌出量多达 13 万立方米。显然，排水的进度不尽如人意。

3 天时间，72 小时的救援黄金时间过去了。许多人开始对救援速度表示不满，有的甚至找到指挥部来"理论"。

一位王家岭矿工人的儿子被困井下已经三天三夜了，这位工人天天在矿上看着

救援队员在25度倾斜工作面上安装直径10英寸排水管

排水管，心急如焚，夜夜难眠。一天，正好碰见在现场的山西省省长王君，他不顾一切冲到王君跟前，大声询问，什么时候能排完井下的水。王君告诉他，你的心情能够理解，你放心，我们一定会全力以赴排水的。

在工棚里，从井下上来的王家岭矿的工人们，同样在等待着被困工友，等待着他们早一天被解救。他们急切地说，请转告指挥部，让我们下水救人，我们熟悉井下情况。

他们此时却完全不知道，瞬间涌出的水，已经把回风和进风回交汇口的巷道堵得死死的，浑浊的水，还有巷道里停放或摆放的建筑设备，连潜水员都无法潜入。

他们不清楚，从山西省各地和全国各地调集的专业救护队、专家，正在进行一场不惜一切代价的战斗。大家一刻也不停歇，一刻也不耽误，以超快的速度，把水泵一个一个地送入井下，一节节地安装衔接好。

他们更不清楚，抢险救援指挥部的领导们，废寝忘食，通宵达旦，正在对每一个救援方案斟酌斟酌再斟酌，并对井下随时出现的新情况立即作出判断，随时对救援方案作出调整。

他们更不清楚，井下救援指挥部已经成立，山西省煤炭监督管理局局长杜建荣担任负责人，直接靠前指挥和督促井下抢险救援。在拯救生命的危急时刻，没有一个人含糊，没有一个人懈怠。此时此刻，每一个领导干部既是指挥者，又是战斗员，他们与大家坚持战斗在第一线，鼓舞了士气，加快了救援速度。杜建荣，这位井下总指挥，拖着被痛风病折磨的双腿，克服了严重感冒的病痛，每天至少步行下井一趟，行程6公里，仅来回的台阶就有3856个。他在井下一待就是十几小时，走遍了井底每一个能走到的地方。每次巡查的情况，他都及时向抢险指挥部汇报，并作出自己的判断和建议，为抢险指挥部调适方案提供了决策依据。

十三、新闻发言人作出解释

排水慢，慢得人心急火燎。

面对来自社会舆论的种种压力，来自被困工人家属的“指责”，指挥部决定，面向社会说明情况，解释原因，取得支持和理解。

4月2日，山西省安委会办公室副主任、新闻发言人刘德政就排水速度缓慢的问题作出了解释：

困难一，排水设备调运和安装需要时间。排水救人、通风救人、科学救人的救援方案中，通风没有问题，安全措施完备，但排水慢却成了一道难以迈过的坎儿！由于王家岭矿是在建矿井，正在进行巷道施工，井下排水设施不全。因此，排水设备需从外地调运，救援队伍要从外地集结，均花费不少时间。

困难二，救援设备安装困难。同时运送水泵、管道等排水设施的巷道长达600多米，且倾角25度，工作最大断面只有约30平方米，给施工造成影响。要在这样的环境中把电缆、变压器、水泵送入井下并安装，也需要时间 。3月30日晚下井的一台10英寸大型泵，重量达14吨，机器解体后，靠专用缆车，用了8个小时、分8次才运送到位。此外，每条抽水管道都需要一节一节地焊接或拧接牢固，每接一节需要大约15分钟。

困难三，现代机械派不上用场。突发的大水瞬间涌出，使施工机械和垃圾快速堆积，造成地下情况复杂，潜水和机器人都派不上用场。交叉作业，又使狭小的空间显得更为逼仄。

困难四，井下打钻操作谨慎。排水要钻孔，打钻要产生火花。而王家岭矿是高瓦斯地质构造，一旦操作失误，极易引发瓦斯爆炸。因此，井下用电需极其谨慎，一旦为防止瓦斯爆炸而被迫停电，就不得不延长救援时间。这个因素也严重影响了救援进度。

此外，刘德政还解答了当时人们的疑虑：

——为什么人们看到的地面排水量和公布的排水总量有差距？这次抢险排水主要采取两种方式，一个渠道是由井下直接向地面排水，另一个渠道是从井下有水的区域向井下没有积水的南大巷排水。由于井下排水渠道人们在地面看不到，所以在地面看到的排水量没有总排水量大。

——水位开始下降，为什么还不下井救人？井下发生透水的巷道是U形的，两边高，中间低。一边是水泵，一边是被困人员。水把巷道封死了，救援人员无法进入。一旦排水达到救援人员能够匍匐进入的水位，就立刻下井救人。

“不管再艰难，排水仍然是第一位的！”刘德政说。

时间在一分一秒地过去，排水、通风、打钻等救援工作仍在艰难地推进，井下仍未探知生命迹象。

十四、指挥部下令：倒排救援时间，限期排水救人……

3月30日上午，现场指挥部气氛凝重。国家安监总局、山西省政府再次在事故现场召开会议，对抢险救援等工作进一步作出详细安排部署。下午，抢险救援指挥部召开会议，进一步提出五项要求：一是严防死守，保证现运行水泵的正常运转。二是加大实施往南大巷倒水的工作力度。利用现有高流量低压车两台水泵，争取在30日24时前有较明显的排水效果。三是排水设施的安装要倒排计划，与时间赛跑，争取最好的救人效果。要抓紧铺设安装8英寸、10英寸各两路水管和每小时排水450立方米的水泵，力争早日为井下的被困人员创造相对大的空间。四是成立井下工作指挥部，负责协调排水工作，维护水泵正常运转，监测井下瓦斯。五是抓好安全，防止次生事故发生。

指挥部也再次修订排水计划，采取四种方式推进。第一是投入水泵往矿井外排水；第二是通过巷道往采空区倒水；第三是打通巷道往低处南大巷平硐排水，需要钻进150米；第四是选择两个井位地面打钻，目的是既能往外排水，又能为井下通风和输送食物。

同时，指挥部下令，必须尽快将排水能力提高到每小时2000立方米！那样才能在最短时间内将水排到可以下井施救的程度。指挥部紧急下令省内五大国有重点煤企各自“认领”排水管泵，限时完成。当问有没有困难时，那些已经满脸煤灰、胡子拉楂的董事长、总经理们，几乎异口同声地说：“没有！”

指挥部发出总攻令：倒排救援时间，限期排水救人！

十五、记者下井直击井下抢救

救援人员与时间赛跑的精彩画面，被摄影师一次次定格在瞬间。《山西日报》两位记者在征得有关部门同意后，进入井下采访。

4月1日14时，记者穿好矿工服，沿回风大巷走进了矿井深处。回风巷道斜坡上，徒手走下亦感困难。30多分钟后，记者艰难地走到了巷底，膝盖已是酸痛难忍。爬上一个长坡，再趟过200多米的泥水路，15时许，记者到达抽水作业面。水面下的3台水泵正在满负荷抽水。斜坡上，近百名救援人员正在紧张有序地施工。尽管3.5米的巷道空间狭小，但工作进度丝毫没有减缓，仍然紧张有序，抢险队员有的在安装水泵，有的在铺设管线，还有的在监测水位。记者看到，这里的排水进度开始加快，已能清晰地看到巷道壁上的水印，水位下降近 1 米。

多排水，就多一份希望，这是 3000 名现场施救人员的共同心声和愿望。

十六、大流量水泵终于成功出水

4月3日17时，人们苦盼的一台流量为每小时450平方米的特大泵开始出水了，虽然比预计的时间迟了一些，但人们仍然显得十分激动。哗啦啦的水流声似乎告诉大家，这是追赶生命的声音。为了这一刻，中煤集团前来支援的500多名救援人员，克服一切困难，把平时需要三个月时间才能完成的工作量，仅用了三天三夜就铺设安装成功。特大泵的成功安装，预示着井下排水速度正在加快。

4 月 4 日，又一台大流量水泵安装成功，开始排水，使井下水泵增加到 20 台，排水能力已经达到每小时 2535 立方米，水位每小时下降 20 厘米。截至 4 日 12 时，总排水量已达 13.2 万立方米、水位下降 10.2 米。

历史会记载这样一组数字：

3 月 29 日 20 时，水位下降 2 毫米；3 月 31 日 18 时，水位下降 18 厘米；4 月 3 日 18 时，水位下降 6.7 米；4 月 4 日 12 时，水位每小时下降 20 厘米，水位下降 10.2 米。

排水进度从毫米、厘米，一直到米的单位变化，标明追赶生命的时速加快了。

下井救援时机在一步步成熟……

此刻，山上的野杏花绽放得格外美丽。救援队伍中没有一个人感受到大自然的变化。谁也无心欣赏这深山的美景。他们的心情沉重，总在心中一遍遍呼唤着：井下的兄弟们，你们要挺住，我们来救你了！

第三封邮件
敲击声传来生命存在的信息

2号竖井传来生命信息，给救援人员以极大鼓舞，钻探队员加快进度，抓紧时间为井下被困人员传递书信与营养液。

"功臣井"传来生命的信息。

希望的曙光灿然再现。

一、神奇的2号钻孔

1. 专家组组长建议垂直打孔

救援人员始终坚信：每一个被困的矿工都还活着。受困人员始终坚信：政府正

在抢救我们。但无情的大水阻隔着他们。而从地面打通巷道的一个钻孔，成了传递信心和力量的“生命之孔”。

几百米下的矿工兄弟是否还活着？怎样给他们信心？井下的氧气够不够？瓦斯是否超标？怎样才能让他们吃点东西，补充点能量？

在救援过程中，与煤矿打了27年交道的专家组组长贺天才想到了：煤矿中经常从地面向下打孔抽排瓦斯气体，这次是不是可以尝试一下呢？

很快，专家组连夜赶制了钻开“生命之孔”的技术方案，上报指挥部。

在指挥部，这一技术方案引发了激烈的争论——

“王家岭矿是个高瓦斯矿井，金属钻垂直下打会形成强大的冲击力，一旦打穿时形成火花，随时可能燃爆井下的瓦斯气体，后果不堪设想！”

“打到井下巷道要数百米，中间可能钻到地下水或地表水层，造成水流倒灌入井，使井下雪上加霜！”

“一旦打穿后，地下气体上冲，可能使井下氧气含量更低，造成被困人员窒息！”

……

指挥部领导也追问：“两个钻孔的位置经过科学定位了吗？”

贺天才直截了当地在图纸上指点着回答：“1号孔的位置，打入井下透水点附近，处于水位最低处。施工该孔可以尽快疏排巷道积水，还可以向地面抽水，加大排水量。”

指挥部领导又追问：“2号钻孔呢？”

“2号钻孔十分重要，将是联系井上井下的生命通道！”贺天才强调说，这个钻孔对应的井下巷道积水高度2米左右，尚有3米的空间，井下被困人员有在此集中待援的可能。

话音刚落，有人大声说：“这两个钻孔成功了，你们专家组就是功臣；如果造成严重的后果，你们将成为罪人！”

贺天才环视指挥部，众人神情严峻，只能听见墙上钟表的“滴答”声响。

“技术报告上有专家们的签名，那就是‘军令状’！”贺天才的话掷地有声。

指挥部几位负责人紧急商讨后宣布：“救人不能等，你们干吧！”

此刻，贺天才抬头看钟表：31日零点。

初春的王家岭，寒风料峭。

31日凌晨，在经过GPS定位之后，在辅助巷道顶部，令人揪心的2号钻孔开钻，巨大的机器轰鸣声震动着人们的心。

2. 水文地质专家操刀设计

4月12日，记者采访了这条生命信息通道的设计者——山西省煤炭地质局副总工程师、“3·28”透水事故现场抢险专家李振拴。

54岁的李振拴，从事水文地质勘探及研究工作已28年，是我省知名的水文地质专家。

3月29日18时，在接到数个紧急电话后，李振拴于18时40分搭车从太原出发匆忙赶赴救援指挥部。因为当时排水量小，巷道水位下降慢，救援进度不利，一路上他接到了无数次救援指挥部专家的来电，催促赶快到达现场。23时30分到达后，李振拴同其他专家马上讨论救援方案，把制订方案的重点放在了快速降低水位上，决定在积水巷道最低处对应的地面往下打两个钻孔。通过钻孔，将巷道内的积水自动流入到距巷道80米以下的奥陶系含水层内。向救援领导组汇报后，该方案立即得到批准，此时已是3月30日零时30分。

方案虽然批准了，施工队伍也马上就要进场了，但李振拴整整一宿未合眼，他在思考方案的每一个细节。尽管山西在灰岩地区的成井率高达70%～80%，但本次钻井必须是百分之百成功，否则就会延误救援时间，责任重大，必须慎之又慎，不能有半点失误。李振拴越想越睡不着，环保、技术等难题像读书一般一页一页、一遍一遍在他脑海里“翻过”。天快亮时，他的手机又响了，省煤炭地质局白秀平书记、潘增武副局长等到了现场，要求必须尽快确定井位，钻机马上就到。

在第一个井位确定后，省煤炭地质局114勘察院李新民院长带领钻机人员开始平整场地，他和其他人员又在开拓平面图上详细查找第二个孔的位置，发现在辅助运输巷北部巷道处打孔有以下有利条件：（1）孔位附近预计积水深度2米左右；（2）共有4个作业点77名被困工人；（3）距出水点较远；（4）人员有时间逃生和向此方向聚集的可能。

李振拴当即建议将第二个孔由原来设计的漏水孔改变为通风及食物通道孔。经实地测量，2号孔被确定在辅助运输巷内距巷道北头1400米处，并通过GPS在地

传来生命信息的“功臣井”——2号竖井

面确定了位置。李振拴受专家组的委托，起草了建议稿，经专家组讨论后最后形成建议意见。

3月30日23时30分，指挥部批准了专家意见。

打开“生命之孔”，并不简单，由于2号钻孔所在的谷底没有路，重达40多吨的钻机无法运过来，抢救人员在10多个小时的时间里，开辟了一条1.5公里的山路。

入夜的王家岭，寒气逼人。

钻孔队员们挥汗如雨，奋力下钻。经过148勘察院16个小时不间断打钻，4月1日上午9时18分，2号钻孔进尺251.8米，顺利贯通！一根直径200多毫米的钻头居然准确地打在了井下巷道上！

此后，1号钻孔也于3日凌晨顺利贯通，主要用于排水、通风，同样发挥了重要作用。

3. 一孔三用

这个钻孔，在4月2日因传出敲击钻杆声而闻名。这个钻孔，被称为通风孔、信息孔、生命孔。

这条通道，坚定了井下被困矿工活下来的信念，振奋了井上抢险救援人员的精神，稳定了被困矿工家属的情绪。

正如山西省省长王君所讲，2号钻孔是一个通风通道、信息通道、生命通道，收到了“一孔三用”的效果。

通风通道：一是排气作用，从4月1日9时18分到4月2日6时，共排气20多个小时，总排气量约6万立方米，解决了井下被困人员呼吸困难的问题；二是通风作用，当井下贯通后，该井由排气转变为进风，给井下被困人员提供了新鲜空气，并起到了降低瓦斯浓度的作用，保障了工人的生命安全。

信息通道：发现有井下敲击钻杆的声音，并有湖南籍工人龚长中在钻杆上绑了铁丝，充分证明井下有生命迹象，完全起到了井上井下信息沟通的作用。这不仅树立了井下被困工人活下来的信念，而且更加坚定了地面抢险救援人员的决心，也使被困工人家属看到了希望，得到了安慰。

生命通道：从4月2日16时50分到4月5日11时，通过采用各种方式分7次向井下输送营养液、牛奶共计560余袋。从2号钻孔所在辅助运输巷内解救出的106

骆琳、张宝顺在2号竖井现场了解向井下输送营养液的情况。

名被困工人，升井后他们体征良好。

4. 神奇的打孔队伍

打通"生命通道"的正是有着50多年光荣历史，英勇善战、敢打硬仗的山西省煤炭地质局抢险救援队。山西省煤炭地质局曾参与过"5·18"左云透水事故抢险及矿山救援工作，在实践中积累了丰富的经验。

事故发生后，山西省煤炭地质局党委书记白秀平在第一时间主动向省政府请缨，表示愿全力以赴投入抢险救援工作。接到省政府参加抢险救援命令后，该局所属单位立即从太原、沁水、榆次、洪洞、延安、韩城迅速向王家岭矿集结。

4个小时后，组织领导机构和专业技术人员赶到救援现场。12小时后，施工队伍、重型设备、救援器材陆续进入指定位置。

1号井克服地质条件复杂、机具匹配等诸多困难，59小时打通，井深406.8米。2号井，16小时打通，井深251.8米。

打通"生命通道"抢险救援过程中，山西省委书记张宝顺亲临现场看望山西省煤炭地质局抢险救援职工。国家安全监察总局局长骆琳6次、山西省省长王君4次

王君在2号竖井口检测瓦斯浓度，分析井下情况。

到钻井施工现场检查抢险救援工作。副省长、事故抢险救援指挥部总指挥陈川平6次到现场指挥部署抢险工作，省总工会常务副主席高凤平、纪检组长王珍、省国土资源厅厅长李建功亲自带队到现场慰问。

这次救援得到了诸多单位的大力支持和帮助，翼城交警支队的队长任双珍，书记郑永武全程护送114院、148院两台车载钻机按时赶赴现场；山东二队在接到电话后迅速组织一批管材连夜运往2号井；当地移动通信部门为了保证2号井通讯线路的畅通，日夜守候在施工现场。

二、4月2日，井下传来敲击钻杆声

“叮当、叮当……”4月2日14时10分，在地面2号垂直钻孔处，救援施工人员忽然听到从井下传来了敲击钻杆声！这是抢险救援工作进入第6天后，首次从井下传递到地面的声音。这表明，井下被困人员还有生命迹象。

地面2号垂直钻孔由山西省煤炭地质局148勘查院施工人员于4月1日9时打通，历时16个小时，井深为251.8米。钻孔下是辅助运输大巷。该局应急救援中心主任袁新文介绍，自己的施工人员一共承担了两个垂直钻孔的打孔任务。

生命信息的信物——2号竖井钻杆提上来的钢丝圈

“井下有人活着！”当这一声音被确认时，现场的施工人员、正在采访的记者都欢呼起来，多数人激动得热泪盈眶。120多个小时的漫漫等待中，井下被困人员音信全无，现在，这生命的信息，燃旺了所有人的希望！

一个多小时后，惊喜再次出现！施工人员提升钻机钻杆时发现，钻杆上竟扭着一根铁丝，井下被困人员再次有了回应！经判定，细铁丝为人力扭上，可能还拴有物品，但在钻杆提升过程中，因剐蹭、钩挂等原因脱落。从绑铁丝的情况看，下面被困人员仍有体力。

井下的生命信息瞬时在各个角落传递开来。整个王家岭沸腾了！5000多名救援人员个个激动异常，连日的疲惫一扫而光！

当好消息传到指挥部时，大家惊喜不已，但在惊喜之余，心里仍不踏实：敲击声会不会是回音？铁丝是不是打钻时自己缠绕上去的？

“有记者拍下了钻头上缠铁丝的照片！”不知是谁说了一句，指挥部成员又兴奋起来，马上找来照片。大家仔细观察，这根铁丝绕得并不规则，中间还留出一段，应该是绑铁丝时留下的抓手。

“肯定是有人拧上去的，井下绝对有人活着！”

不知是谁突然提出："写信送下去，激励受困人员！"

18时许，救援人员再次将葡萄糖等营养液通过钻杆传递到井下，并尝试着冲钻孔大喊："杆里有吃的，把钻头砸开！"但是，这一次，井下却没有了回应。

伴随着营养液传送下去的，还有塞在空矿泉水瓶子里的两封信。其中一封信写道：

亲爱的工友们：

党中央、国务院和全国人民时刻都在关注你们的安危；省委、省政府领导正在现场指挥抢险工作。同志们都为你们传递的生命信息万分高兴，都在争分夺秒、全力以赴救援。你们一定要坚定信心，坚持到底！坚持就是胜利！

与井下人员实现生命信息的沟通后，各方救援施工人员备受鼓舞，不由得加快了救援施工的进度。所有的人都抱着一个坚定的信念：只要有一线希望，就要付出百倍的努力！

三、4月2日下午，山西省委书记张宝顺、山西省省长王君对被困矿工医疗救治工作提出六条要求

4月2日下午，山西省委书记张宝顺、省长王君得知王家岭矿井下被困矿工有生命迹象的消息后，立即向现场参加医疗救治工作的省卫生厅领导提出六点要求：

一是要做好井下被困矿工的营养补给工作，通过新打通的钻孔及时、合理、科学地向井下投送营养液和食品；二是要制订完善的医疗救治方案，组织全省最好的专家参与救治工作；三是要准备足够的救护车和现场救护人员，保证升井矿工一人一车一医一护，确保被困矿工能够得到及时有效的救治；四是要确定专门的救治医院，预留足够的床位，成立专门的医疗救治组实施救治；五是由于矿工井下被困时间长，省城最好的医院要留出ICU病房，做好救治重症伤员的准备工作；六是要及时和有矿山救治经验的全国一流专家联系，争取得到及时指导。

四、4月6日，医院见到敲击钻杆的人

4月6日上午，记者在河津市人民医院见到了获救的湖南籍工人罗欠来。2号那天，就是他在井下敲击钻杆，并和工友一起扭铁丝的。

护士说，小罗昨天晚上已开始进流食了，喝了一碗大米稀饭。今天早上，他又喝了一碗大米稀饭。他精神不错，正在床上静养。

得到医生的允许后，记者和他小声聊了一会儿。

“是你敲的钻杆吗？”

“是我。”

小罗说，2号那天，井上的打钻声传到了井下。250多米的井下，正聚集着106名受困矿工，他们齐刷刷地抬头望着巷顶，那目光仿佛钻头一样能穿透巷顶。

大家很兴奋、很紧张：“外面有人在救我们！”

钻探中的2号竖井

钻孔正对的下方是两米多的积水。此刻，被困的106人所处的平台，离钻孔还有60多米的距离。但，他们听到了。

罗欠来使尽平生力气，操起一根钢筋，攀着巷道里湿滑的皮带，艰难爬行60多米来到钻孔下，猛敲钻杆。

“井上的人第二次敲击钻杆，你们听到了吗？”

“听到了。”

“为什么没有回应?”

“敲了，我们用木头敲的。”小罗回答，当时自己和100多名工友都待在运输大巷的一处较高的地方，当听到有人在地面敲击钻杆时，就和工友一起游过近2米深的积水，敲击了钻杆。两次敲击间隔较长，因为一是怕敲击引起巷道冒顶，二是井下瓦斯浓度高，担心引起爆炸。后来，大家在巷道里找了一根木头来敲击。

“铁丝上是否拴有东西？”

“拴了一个自救器盒子。”

小罗说，盒子里装着一封信。信是刘学军写的。笔是安检员的，用的是包装纸。

信放在一个砸扁的自救器盒子里，然后交给身强力壮的龚长中，让他把盒子绑在钻头上送到地面。

龚长忠又从巷道里找到一根粗铁丝，用尽力气多拧了几道，牢牢地把铁丝带着盒子绑在了钻头上。

可惜由于钻孔太小，他们的信，地面没有收到。

但是，15时10分，在出井的钻杆头上，钻孔队员和专家们惊喜地发现了那根铁丝。

第四封邮件

又一天杳无声息，亿万人揪心

杳无声息的一天多，考验着上上下下的神经；

千难万险的尝试，传达必胜的信念。

一、往井下投放防爆电话

4月3日，2号垂直钻孔施工工地。初春的暖风中，一条“一方有难八方支援、

4月3日13时，由7名矿山救护队员和4名潜水员和两名技术员组成的先遣队下井摸探情况。

党的温暖传送井下”的红色横幅微微飘拂。但无人顾及春日的明媚，一台巨型的打孔机在“突突突”地轰鸣着，施工人员来来回回地紧张忙碌着。

昨天曾经给大家带来无限希望的钻孔，正“哧哧”地向外排着携带水汽的空气流。一名坚守在现场的施工人员有点失望地说，自昨天井下传来敲击钻杆的声音后，井下再没有一点动静。

有人不死心，试图再次敲击钻杆。一直守在施工现场的山西省省长王君和国家安监总局局长骆琳提醒：“先测一下瓦斯浓度！”瓦斯检测仪显示：瓦斯浓度2.6。施工人员开始敲击钻杆，遗憾的是，没有回应。

“他们还活着吗？他们收到营养液了吗？他们还能坚持多久？”担心正一点一点地涌上大家的心头。

中午时分，施工人员又尝试通过钻孔往井下投放防爆电话。

考虑防爆电话不防水而且重量较轻，施工人员把电话用塑料布层层包裹起来，拿胶带仔细粘好，又在电话底部拴上了一根长约一米的三角铁，作为固定铅锤。

12时15分，一部防爆电话、一盏矿灯和一封信同时被投送了下去。信上写着：你们要坚持住，省委、省政府很关心你们，全省人民大力支持你们。

放电话时，七八位施工人员拉着钢丝，小心翼翼地通过钻孔往井下送着线路，每放10米就缠上红色胶带作为距离标记。10分钟里，钢丝仅放了120米。

贴着话筒仔细倾听，除了电流的丝丝声，还能听到气流、水流冲击包裹塑料布的声音。

241米，242米，243米……就快到巷道顶板了，施工人员放慢了动作，一点一点地放着。考虑到钢丝放短了不能从顶板露下去，放长了又会泡在水里，同时还有可能被折叠在钻孔里一部分，施工人员估算了一下，放了260米左右停了下来，施工人员拉紧钢丝固定住。

放电话的过程中，王君不时地旋转电话底部的手柄，不停地呼唤着，静静地倾听着，耐心地等待着。救援人员向井下输送防爆电话后，他一边旋转电话底部的机柄，一边焦急地大声喊：“喂，喂，喂！下面有人吗？”

但另一头始终没有回音。

先遣队员从回风大巷入口下井

杳无声息的一天，亿万人揪心。骆琳、张宝顺、王君、陈川平等紧急部署下井救人工作。

“是不是防爆电话悬在钻孔中间没有放到井底？”王君不放心，“你们都松手，我再把电话线往下放放。”

王君动手又往下放了放电话线，试图感受井下有没有拉力。然后又摇起电话机：“喂，喂，喂！”

电话那头仍是一片寂静。

井下究竟怎么了？

难道受困人员真的被水淹没了？

但一直没有人接到电话，也没有人应答。

接着，施工人员又往井下投送营养液，希望能为井下被困人员提供生命支撑。

这天下午，救援人员努力与井下取得联系的工作一刻也没停。

2 号钻孔的施工工地上，施工人员尝试通过钻孔往井下投放可视探头。但放下去后，因信号中断，图像仅闪了几秒钟就消失了。惊喜片刻，失望又迅速涌上心头，人们半晌无语，心再度悬了起来。

暮色中，寒风渐起，人们不由得裹紧了衣服。一部分记者坚守在现场，一部分记者下山休整，准备明早再来，希望能早一刻得到令人激动的消息。

二、4月3日下午，潜水员带回了令人沮丧的信息

尽管困难重重，尝试却从未停止。

3日上午，抢险现场来了潜水员。10时许，河南新密安全生产救援中心救护队长冯松建脚步匆匆地走进抢险救援指挥部。他向指挥部报告，4名潜水员和11名救护队员全部到位，随时可以下水。

老冯介绍，能否下水取决于三个条件：水质透明度、水下环境、潜水距离。他表示，自己的队伍参加过多次地面水灾的抢险救援，虽然没有在透水巷道里潜过水，但所有队员都参加过国家级潜水培训，只要条件允许，马上下水不成问题。

指挥部告诉老冯，现在2号钻孔已打通，并从井下传来了敲击钻杆声，可以断定，井下还有生命的迹象。但是其他几个工作面受透水阻隔，仍然情况不明，时间非常紧迫。所以，潜水员的任务就是，探情况、摸信息、送营养液。即，在保证自身安全的前提下，潜过被水淹没的巷道，摸清井下情况，寻找被困人员。

指挥部决定，将山西省水利部门的12名潜水员和河南新密前来增援的4名潜水员合兵一处，由省水利厅厅长潘军峰统筹指挥，老冯带队下水。

13时，就在施工人员通过2号钻孔投送电话的同一时间里，7名救护人员和6名潜水员首度下井摸探。

出发时，山西省省长王君和潜水员一一握手，并反复叮嘱，要在保证自身安全的前提下，全力完成潜水任务。

约4个小时后，潜水员回到地面，但带回的消息却令人沮丧：

井下施工机械和垃圾被透水推涌堆积起来，情况比较复杂，而且水质浑浊，路程太长，潜水员强行潜水危险性极大。

又有人提出派工业机器人下水侦察。这一方案同样由于井下水质污浊，能见度极差而被弃用。

三、4月4日晚，有人看到对面有矿灯晃动

敲击钻孔管道没有人回应，从钻孔送下的营养液也不知有没有人喝到，井下到底能有多少人存活，他们的状况怎么样，153名被困工人每时每刻都面临着饥饿、

水和有害气体的严重威胁……

这些问题煎熬着现场的每一名指战员！

令人稍感安慰的是，4日，抢险救援进入第8天，排水进度明显加快，每小时水位下降达30厘米。按此速度计算，5日凌晨2时左右，救护队员就可以下井救人了。

4日一早，指挥部对井口的两个广场进行了清场，一些暂不需要的大型机械已经移走，地面通道全部打开。

根据井下被困人员所处的位置，抢险指挥部迅速确定了三条救援线路。

第一条救援线路是辅助运输巷救援，分四个搜救点，共有被困人员61人；第二条搜救线路是胶带大巷，分四个搜救点，共有被困人员57人；第三条搜救路线是回风大巷，分两个搜救点，共有被困人员29人。另有6人为零散人员，具体位置不明，由各救护队在搜索中救护。

先遣队出发

暮色渐浓，太阳在人们的焦急等待中缓缓落下。

此刻，地面的抢险救援指挥部灯火通明。山西省委书记张宝顺，省长王君，国家安监总局局长骆琳，副省长、抢险救援指挥部总指挥陈川平等围坐在一起，再次紧急部署着下井救人的工作，细化到每一个环节、落实到每一个人身上。

"各救护队在下井救人之前，要熟悉掌握井下情况，通过施工图纸了解巷道走向、工作面分布，分析被困人员可能在的位置，下井救人要做到果断、迅速、准确。"

"要落实人员、分解任务，哪一支救护队负责哪一条巷道、哪一个工作面，要清清楚楚，争取用最短的时间把被困人员全部营救出来。"

"要注意防止次生事故的发生，下井前要加大通风力度，严密监测瓦斯浓度，严格检查救援设备的安全性能，携带齐全个人自救器材，做到万无一失。"

"被困人员升井后，要立即交给医疗救护人员，进行现场紧急抢救，火速送往医院，使每一个幸存者都能够活下来。"

"保持与地面指挥部的联系，及时报告救人的进度和遇到的新情况……"

22时20分，指挥部的门突然被撞开了。一名救护队员气喘吁吁地报告，搜救队员在回风巷中看到对面有灯光晃动！

听到这个消息，指挥部里的人都激动得站了起来。

闯进指挥部的人叫杨志雄，山西焦煤汾西矿业新阳矿救援队队员。据井下救护队员报告，井下有人忽然发现远处有一束亮光，并且还在不停地晃动。反复确认后，指挥部马上发出命令：下井救人！

23时15分，第一个橡皮筏下水了。

所有人的希望之帆，再次被鼓得满满的。

四、4月4日深夜，"生命之舟"起航

在王家岭矿"3·28"透水事故井下成功营救被困人员过程中，橡皮艇起到了至关重要的作用。

把8艘橡皮艇带到事故现场，完成井下安装，并教会矿山救护队员使用的人，来自省防汛应急抢险总队——一支在事故发生前成立仅1个月的年轻抢险队伍。

省防汛应急抢险总队由成立于1973年的山西潜水队和水利厅信息中心合并而成。4月3日下午1时，抢险总队潜水队队长刘建斌、潜水员张福柱等4人，与河

焦灼地等待

南省新密潜水队一起，带着“探情况、送给养”两项任务，到井下水边现场查看情况，测试水温，制订方案。

但由于种种原因，“蛙人”未能下水，潜水队的任务被调整为“井下组装橡皮艇，打通水下通道，运送救援人员和被困人员”。

抢险救援指挥部决定将潜水队员分为两组下井，分别在回风巷和皮带巷执行任务。

4月4日深夜，潜水员孙志勇带着一组队员与矿山救护队员一起走进回风巷。下井台阶的尽头，有一处约25平方米的空地，孙志勇等三人选择在这里安装橡皮艇。

他们知道，橡皮艇的安装质量直接关系到救援能否成功，甚至关系到矿山救护队员在水上的安全，安装过程必须一丝不苟，确保无误。

但孙志勇发现，橡皮艇的一些小部件居然在搭载矿车下井的过程中丢失。情急之下，他们又沿来路一路搜寻，下坡、上坡寻找，来回好几趟，终于把散落的部件全部找到。

20多分钟后，第一艘橡皮艇安装成功，孙志勇和救护队员一起操控着橡皮艇向黑暗的水域划去。

8分钟后，他们看到了被困人员……

随后，8艘橡皮艇来往穿梭，115名获救人员乘坐“生命之舟”顺利出井。

五、救援故事

山西焦煤汾西矿业公司

（1）炊事班的故事

10个人组成的一个小团队，在“3·28”王家岭救援工作中，他们承担着500多人的吃饭任务，救援高峰时吃饭人数达1200多人，这些来自河东矿班中餐的职工们，一天工作十七八个小时，救援人员无论什么时间出井都可以吃上热腾腾的可口饭菜，小小炊事班在救援工作中发挥了巨大作用。

救援队员下井

“哑”班长——炊事班班长范云平，整天忙忙碌碌，一会儿备菜，一会儿下面，见到救援人员来，总是点头示意，仿佛在说“快坐下歇会，饭马上就好”，点头、摇头、挥手示意成为他的常用对话动作。原来范班长3月31号一到王家岭就开始搭台做饭，原本就有些感冒的他，每天只能休息四五个小时，为了让救援人员吃上可口的饭菜，范班长每天想着花样给同志们准备饭菜，细心的他发现有些救援人员生病了，他就为他们做碗清汤面，算作病号饭，可他却忘了自己还是个病号。嗓子疼得发不出声音来，范班长仍旧笑脸相迎前来吃饭的救援人员。

爷爷、父亲都死于矿难的范班长是家中独子，4月5日清明节那天，他平生第一次没有回老家上坟，当载着115名获救矿工的救护车疾驰而过，正在路边临时搭建的吃饭点做饭的范班长脸上荡漾着灿烂的笑容，操着浓重的平遥方言对大家说：“伙计们，我们今天更要把饭做得喷香喷香的，好好犒劳犒劳我们的弟兄们……”

“小兵”王振——今年只有20岁的王振，在炊事班中年龄最小，大家都叫他“宝

又一批救援队员准备下井

山西省水利厅的潜水员在抢险救援现场

贝”。王振是个配菜工，从31号来到王家岭，一干就是十天，第一次离家这么长时间的小王振，又累又休息不好，非常想家，晚上偷偷落泪。一次家里打电话，实在憋不住就哭了，当煤矿工人的父亲在电话那头说：“别哭，好好干，别给咱家丢脸，人家救援人员更辛苦，把菜洗干净，不要吃坏大家。”打那以后，小王振再也没有提起想家的事，每天勤快地洗菜、切菜、干杂活，浑身有使不完的劲，大家开玩笑地说：“宝贝，咱们回家吧。”他大声回答说：“救援队伍撤我才撤，我才不当逃兵。”

“姐妹”洗碗工——“能给我们合张影吗？”炊事班的洗碗工赵金兰兴冲冲地跑到我们正在就餐的新闻组人员面前，还不等我们开口，51岁的赵大姐打开了话匣子，说：“我是河东矿班中餐的服务员，31号接到通知说到王家岭支援救援，心里别提有多激动，我丈夫原来是个井下搬运工，一次事故截了左下肢，一听有井下出事我就揪心，能亲自为被困矿工兄弟做点事我也很欣慰，那天从井下救出115名矿工，我激动得都落泪了。”此时进来一位同志说：“我们赵大姐干活可真没话说，50多岁的人了，一坐就是四五个小时，一天到晚洗着流水饭碗，有时一天要洗2000多个碗，连我们年轻人都吃不消，但是赵大姐从未叫过一声累。”

我们问赵大姐和谁照相，她指着门外正在低头洗碗的一位穿红色衣服的人说：

社会各界向救援工作伸出援手

“跟她，我们在这里每天一起洗碗，我们认了姐妹了，王家岭让我们见证了奇迹，能参加这样大的救援，我们感到自豪，我们要在王家岭这个临时饭点照个相，留个念。”我们的记者为这对“姐妹”留下了她们在王家岭山上灿烂的笑容，姐妹俩紧搂在一起，做了个胜利的手势。

（2）一壶蜂蜜

4月6日上午9时许，刚刚参加完山西省王家岭透水事故井下救援抢险的山西焦煤汾西矿业集团公司救护大队一中队队长刘汝成正在帐篷里洗漱，这时，一名救援抢险总指挥部的工作人员手里提着一大壶蜂蜜走进来，直接把它交到了刘汝成手中。这名工作人员告诉刘汝成，这壶蜂蜜是一位60多岁的农村老大妈特地赶了20多里地的山路送到总指挥部的，她一再叮嘱工作人员一定要把蜂蜜交给汾西矿业救护大队的队员。工作人员动情地说：“这位60多岁的老大妈在昨天电视直播时看到你们救护队员把100多名被困人员从井下救出，心情非常激动，她打心眼里想表达对救护队员特别是那些印有‘汾救’和‘汾西矿业’字样的救护队员的感激之情。她说，他们一趟一趟地把井下被困七八天的工人救出来，我看了很高兴，太感谢这些救护队员了，我没什么可买的，就把这壶蜂蜜送给他们吧，让救护队员们下下火。”听

救援队员和衣而卧，短暂休息后，又将投入下一轮入井救援。

了工作人员的介绍，刘汝成和闻讯赶来的救护队员们都对这位素不相识的农村老大妈表示衷心的感谢。刘汝成对记者说：“一壶蜂蜜虽然不值几个钱，但是它表明群众对我们抢险救援工作的认可，也更坚定了我们后续抢险救援的信心。”汾西救护大队三中队队长史林峰告诉记者，蜂蜜喝下去是甜的，象征着生活甜甜蜜蜜，家庭美满幸福，这也是我们救护队员最大的心愿。队员们特意留下一小瓶，等救援结束后拿回去同其他救护队员共同分享。史队长还嘱咐记者代表汾西矿业全体救护队员感谢那位不知名的老大妈，让她老人家放心，救护队员会继续努力，不放弃，不抛弃，把剩余的被困人员早日救出来。说完，他和战友们又背上救援器具出发了……

（3）我要入党！

4月5日零时许，当山西焦煤汾西矿业救护队员刘永强看到一个个被困人员被自己的战友从橡皮艇上带出灾区时，心情非常激动，他羡慕这些作为共产党员的战友能在这紧急关头第一批冲锋陷阵。

结束了当天的抢险，刘永强急切地找到老党员王继堂，第一句话就是：“我要入党，请你做我的介绍人吧！虽然以前我也写过入党申请书，今天我还要写。”

“你为什么这么着急入党？”在如此紧张的救援现场，听到刘永强的这番请

153辆救护车在井口等待，现场指挥张汉伟在部署医疗救护队的工作。

求，王继堂不解地问。刘永强按捺不住心中的激动，言语有些语无伦次：“这次抢险太让人震撼了，我要是共产党员也能被大队长第一批派去搜救被困人员。每次危急情况发生，大队长都是让队里的共产党员第一批冲进去，他们太光荣了，我着急呀。我也是有救援经验的队员了，我要入党，我也要第一批冲进去，发挥先锋作用！”

听了永强一番话，王继堂二话没说，立即为他找出纸笔，让他现场书写入党申请书。看到刘永强要求火线入党，同伴赵云、陆军、孙辉、张军等20名年轻救护队员，也纷纷找大队支部书记要求入党。24岁的赵云激动地说：“这次透水事故，如果不是党和政府的高度重视，及时组织抢险，这115人恐怕是没救了，也不会有现在的奇迹发生。此时此刻，更增强了我们对党组织的向往和加入中国共产党的迫切心情，我们也要入党！请党组织在这次抢险救灾中考验我们吧！”

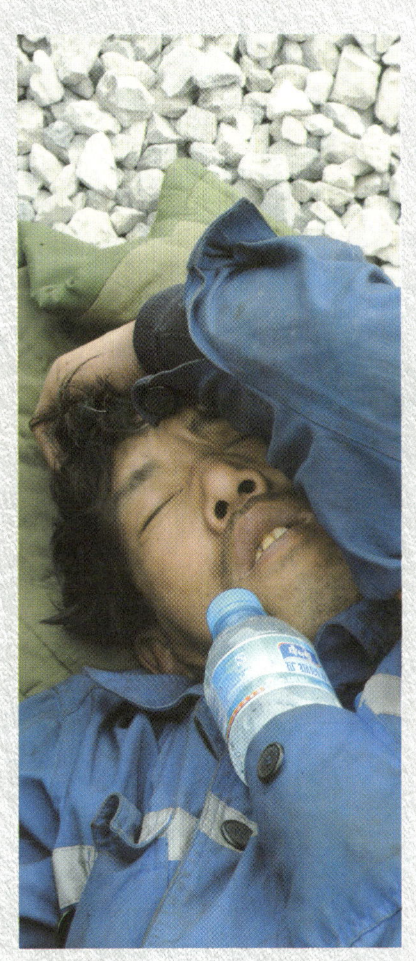

疲惫的救援队员和衣而卧短暂休息

经救护大队党支部书记向公司党委郑重请示，山西焦煤汾西矿业党委特批21名救护队员加入中国共产党。

4月8日下午四点，在王家岭抢险救援现场举行了简短庄严的入党宣誓仪式。

“我志愿加入中国共产党，服从党的领导……永不叛党。”响亮的入党宣誓声回荡山谷，感染了整个抢险救援现场。

第五封邮件
人间大爱，科学救援，特别的日子，特别的奇迹

4月4日夜晚时分，大批救援队员在井口集结准备下井展开搜救。

1. 115 名被困人员生还，创造了世界矿难救援史上的生命奇迹；

2. 张德江代表党中央、国务院发来电报祝贺；

3. “只要我们能进来，就要把你们救出去”；

4. “在井下吃树皮、纸片、棉花，喝巷道积水”。

4月5日，是中国重要的传统节日清明节。在晋南，清明节的前一天被称为“小

4月4日22时50分许，大批救援队员开始进入井下展开大规模搜救。

整装待发

清明”。这两天，人们成群结队，扶老携幼，踏青扫墓，祭奠先祖，不论地位高低，不论贫穷富有，人人都要净手焚香，屈膝下跪，以最高礼节，以最虔诚的心，缅怀逝去的亲人，感悟生命的珍贵。

业已返青的田野里，每个黄土堆上都压着一张张白纸，美丽的“黑蝴蝶”在坟头飞舞。那是对过往生命的追念，是对现实生命美丽的赞颂。

4日晚，吕梁山坳的王家岭透水事故抢险现场灯火通明，所有工作人员都放弃了清明假日，埋头忙碌着，心急如焚！7天8夜，170多个小时过去了，对于被困井下没吃没喝的工人们来说意味着什么，大家心知肚明。随着排水速度的加快，4日、5日两天有望下水救人。抢险救援指挥部决定，4日晚不论等到何时，都要背水一战。只要排水接近目标，必须强行下井救援。

矿井进风口被划定为首批被困人员升井的核心区，一大圈警戒线拉起来了。一支支抢险救护队在紧急集结，两百多名身着迷彩服的武警官兵，与当地公安民警筑起了两道安全屏障，现场气氛霎时紧张起来。

为了确保被困人员升井工作顺利进行，抢险救援指挥部下令对核心区域进行现场清理。除了指挥部领导和必要的救援人员外，其余工作人员全部离场。考虑到获救人员眼睛应避免强光照射，只允许新华社、中央电视台4名记者进入核心救援区，由中央电视台现场直播。

各路“神通广大”的记者绞尽脑汁，都想进入核心区。有的想尾随指挥部领导混进；有的提前穿上矿工服、戴上安全帽，混入救护队员当中；有的穿上白大褂，坐上医疗救护车进场，但都被武警战士一一“请”了出来。

救人为天，秩序不能乱！

人们在警戒线外屏气凝神，翘首观望。

现场静悄悄。

突然，有人看见武警战士又撤离了核心区。是井下情况有变化推迟了，还是行动取消了？人们的心情不免焦虑、烦躁起来。

下井实施搜救

到底发生了什么？核心区外的新闻记者急得团团转，无可奈何，还是服从大局为重！有的记者干脆蹲在地上，打开手提电脑，插上无线网卡，登录网络电视，等待观看中央电视台现场直播。

23时许，部队又进去了。

子夜的钟声敲响，新的一天又开始了。对于常态生活而言，这8天只能算是白驹过隙，忽然而已，但对于救援人员而言，每一分钟都是人间最漫长的煎熬。此刻，所有救援人员都在暗暗告诉自己：决不放弃，只要还有一线希望，一定坚持到底！决不能让全国人民的期盼落空，决不能让这8天8夜心血白流，也决不能让黑暗无情地将井下工人兄弟的生命吞噬。

世界上没有什么比生命更可贵，没有比营救生命更值得付出，更没有什么比出现生命奇迹更令人期盼。

4月5日凌晨0时40分，人群中不知谁喊了一声“出来了！出来了！！”这一声呐喊，像石破天惊，打破了山谷里死一般的沉寂。人们纷纷将目光聚集进风口，有的人转身跑到电脑前，踮起脚尖往人堆里挤，急切地观看现场直播。

“出来了！出来了！！”当4名身着橘红色衣服的救援队员将第一名被困人员

焦灼的目光

抬出井口时，骆琳、张宝顺、王君急忙迎了上去，与救护队员们一道，将被困人员抬上早已停靠在井口的医疗救护车。

骆琳一边抬，一边激动地念叨着："奇迹啊！奇迹！"

张宝顺一边抬，一边喊道："轻一点！轻一点！走稳点！"

王君一边抬担架，一边掖被角，生怕被困人员着了凉。

井口沸腾了！数百名抢险救援队员涌向救护车，鼓掌、欢呼、跳跃！煎熬苦等了8天8夜的压抑终于在这一刻得到了释放。人们哭着、笑着、呼唤着，不管认识不认识，都会情不自禁地伸手相握，有的则兴奋地紧紧拥抱。

王家岭，2010年4月5日0时40分，流逝的时光在这一刻定格，从这一刻开始，坚忍不拔的中国救援大军，在历时8天8夜的不懈努力后，终于将115名被困工人陆续升井，创造了世界矿难抢险救援史上的一大奇迹！

生命的奇迹在大爱的呵护下，出现了！

4月5日0时40分许，首批9名获救人员被抬出井口，送上救护车。

救灾

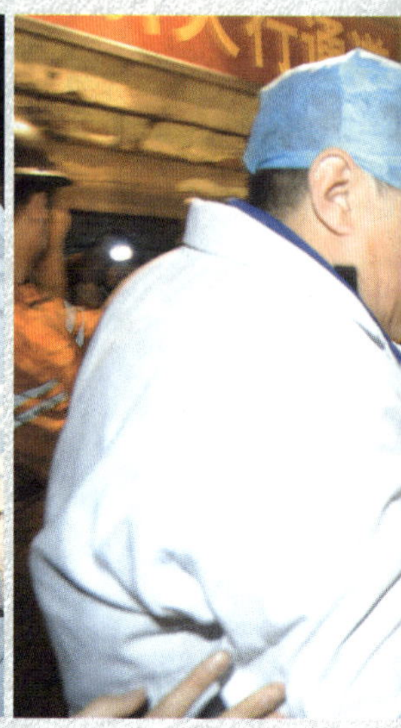

警戒线外的山坡上，一群围观的当地村民跪在地上，朝着井口方向不停地磕头，他们以最朴素、最原始的方式，祈求上天保佑！

这8天来，当地村民十分牵挂井下的153名工人兄弟。头几天，有的村民每天不停地在事故抢险现场查看排水量，有的甚至还萌生过下井救人的念头。后来几天，为了保证抢险救援现场施工秩序，山上山下实行了交通管制，村民们每天从熟悉的小路爬到山颠，坐在山头观望。他们从来没见过这样的阵势，也从来没有见过如此震撼人心的救援场面。山沟里排满了成千上万辆各式车辆，一辆辆吊车、一台台大型起重机伸出长臂在装卸货物，运送救援物资的汽车像一条长龙排出远远几公里以外，警车、军车、救护车往返穿梭，连部队也开进来了。

第一辆排在井口的医疗救护车，是国家矿山医疗救护晋城分中心的抢险救援车辆，由国家安监总局直接调拨，已经在现场整整等了8天8夜。接上被救的第一个工人，救护车沿着崎岖的山路，鸣笛前进，飞速驶向最近的山西铝厂职工医院，晋城煤业集团总医院重症监护室主任阎宏伟则在车上作着紧急处置。司机一边目不转睛地盯着前方，一边不停地告诫自己：稳些，再稳些，千万不要将病人颠着了。

第二个工人出井了！

第三个工人出井了！

第四个工人出井了……

随着首批9名被困人员的成功升井，随着还有大批幸存者的信息的传递，所有

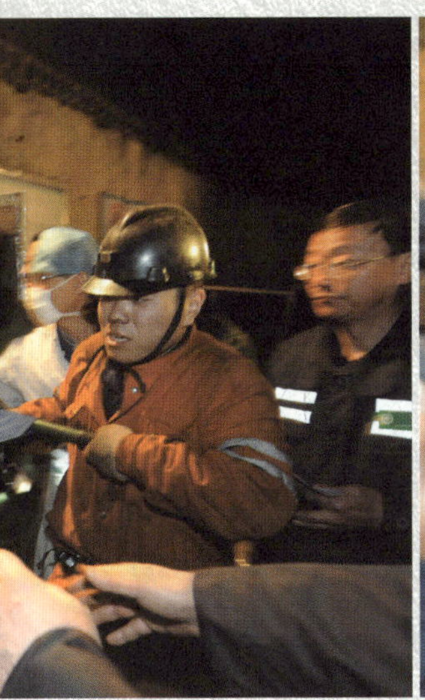

被救人员抬出井口

救援人员精神更加振奋了！

在得知救援工作取得重大进展后，胡锦涛总书记、温家宝总理向获救人员表示亲切慰问，向所有参加救援的人员表示崇高敬意。他们要求前方救援指挥部继续发扬不怕疲劳、连续作战的精神，进一步加大救援工作力度，全力以赴、争分夺秒，千方百计搜救其余被困人员，同时精心做好获救人员的医疗救治工作。

当首批9名被困人员成功升井后，国家安监总局局长骆琳激动地向大家宣读了中共中央政治局委员、国务院副总理张德江发来的祝贺电报：

张宝顺、王君、骆琳同志：

我代表党中央、国务院，代表胡锦涛总书记、温家宝总理，向获救矿工表示亲切慰问，向所有参加救援的同志们致以崇高的敬意，希望同志们再接再厉、争分夺秒，继续加大救援力度，全力以赴解救被困矿工。

张德江

2010 年 4 月 5 日 0 时 40 分

党中央、国务院和胡锦涛总书记、温家宝总理的亲切关怀，对所有的抢险救援人员既是鼓舞，又是鞭策。大家一致表示，决不辜负党中央、国务院，胡锦涛总书

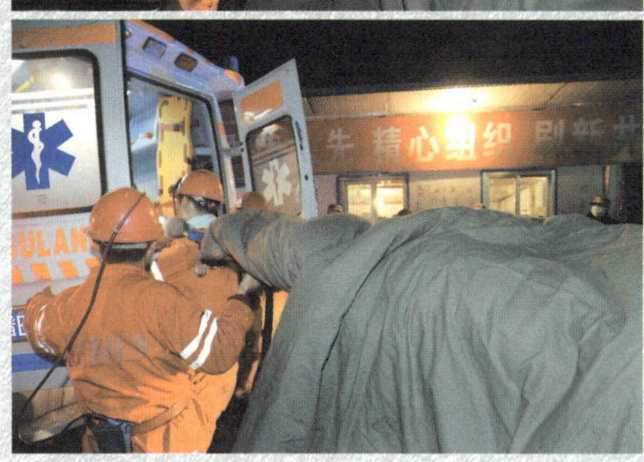

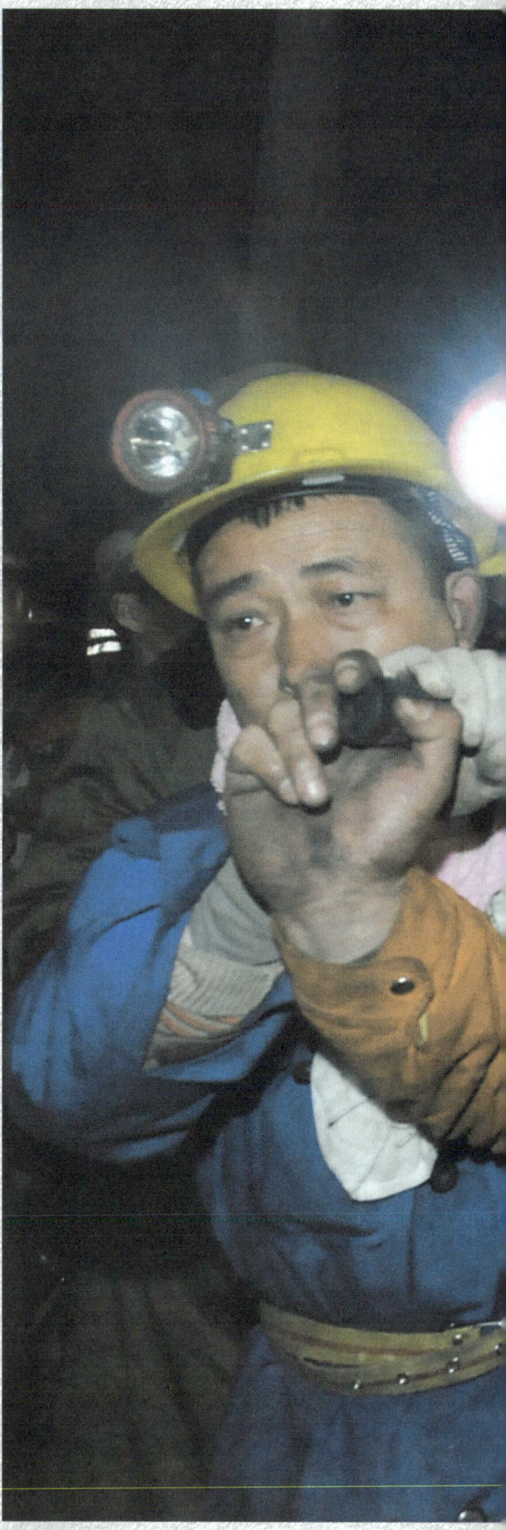

记、温家宝总理的殷切希望，坚决贯彻落实中央领导指示精神，继续发扬不怕疲劳、连续作战的精神，千方百计营救井下被困人员。

5日这一天的分分秒秒，让所有中国人都为之感动。媒体监测表明，从早晨到下午1时许，随着106名被困人员陆续成功升井，无数

家庭无数深怀爱心的人们，都在电视直播镜头前目不转睛地观看着、欢呼着。那一天，全中国人的心率和着一个节拍跳动，大爱的真情感染了全中国与无数海外华人的心！

中煤一建63处项目处的一位工人低着头，哽咽着给家人报喜："出来了，出来了，人救上来了。"

乡宁县枣岭乡民营企业家贺方广高兴地说："只有咱社会主义国家，才能调动全国人民的力量，完成这惊天动地的生命大营救！"

国家安监总局局长骆琳在回答记者提问时说："我现在和全国人民一样，心情非常激动。这次救援抢险工作创造了两个奇迹：第一个奇迹是，我们的被困人员在井下顽强地坚持再坚持！度过了8天8夜这样的生命之关，还能得以生存；第二个奇迹就是，在党中央、国务院的坚强有力、正确的领导下，作出的决策部署和实施的救援方案，都是十分有效、有力的，又创造了一个在中国抢险救援史上的伟大的奇迹。"

是的，在2010年清明节这一天，王家岭大救援，是举世瞩目的壮举，是规模

空前的营救行动，是感天动地的生命奇迹！

翻开世界矿难记录，一页一页都是乌黑污浊的颜色。人们心中充满了对矿难的无奈、憎恶和指责，也充满了对营救成功的渴望、期盼和祈求——更多的，恐怕还是责难。但这一次，我们的无数掌声，还是应该鼓给那些出大力流大汗的救援人员和顽强自救的被困工人。

漫长的8天8夜里，井下被困人员又如何在“地狱”中与死神顽强抗争，创造了生命的奇迹？

让我们从一个个逃生片段中，用心灵去感悟他们面对死神，用信念支撑毅力，顽强求生的悲壮场面。

——他们在铁丝网上悬挂了3天4夜

透水事故发生时，巷道里汹涌的水浪扑面而来。工人们一下子被眼前发生的一幕惊呆了，乱作一团。

28岁的靳晋明是太原市古交市人，负责维修工作。大水冲来时，他和工友们正在掘进巷道，便迅速朝地势较高和通风的地方跑。等水上来的时候，他们就沿着巷道墙壁上的铁丝网往上爬，攀住铁丝网。也就是十多分钟的光景，大水已经淹到他们的脖子上。此后，他和工友在这里悬挂了整整3天4夜。身子泡在冰冷刺骨的水中，头伸在水面与巷道顶部仅存的空隙中呼吸。

——“水大的就像海水涨潮”

曾去过青岛的湖南工人李长余对于大海涨潮的声音记忆深刻。他说，井下透水的速度超过了他们奔跑的速度，而且发出很大的声音，“就像海水涨潮”。水迅速地没过人们的膝盖、腰际。这时，人们不是顺着来水的方向跑，而是向巷道两边的高处跑，事实证明这是一个正确的选择。

——漫长的等待充满恐惧、狂躁

面对突如其来的灭顶之灾，恐惧、狂躁成为矿难几个小时后大部分工人的共有表现。谈起这个时间段的感受，大家回答得都很简单：害怕，害怕得要死。即使已经习惯了在黑暗井下工作，仍对于这个漫长的等待充满恐惧。

安静下来，他们开始想得多了：水位能降下去吗？悬在铁丝网上能坚持多久？掉到水里咋办？这样下去吃啥喝啥？我们还能活着出去吗？

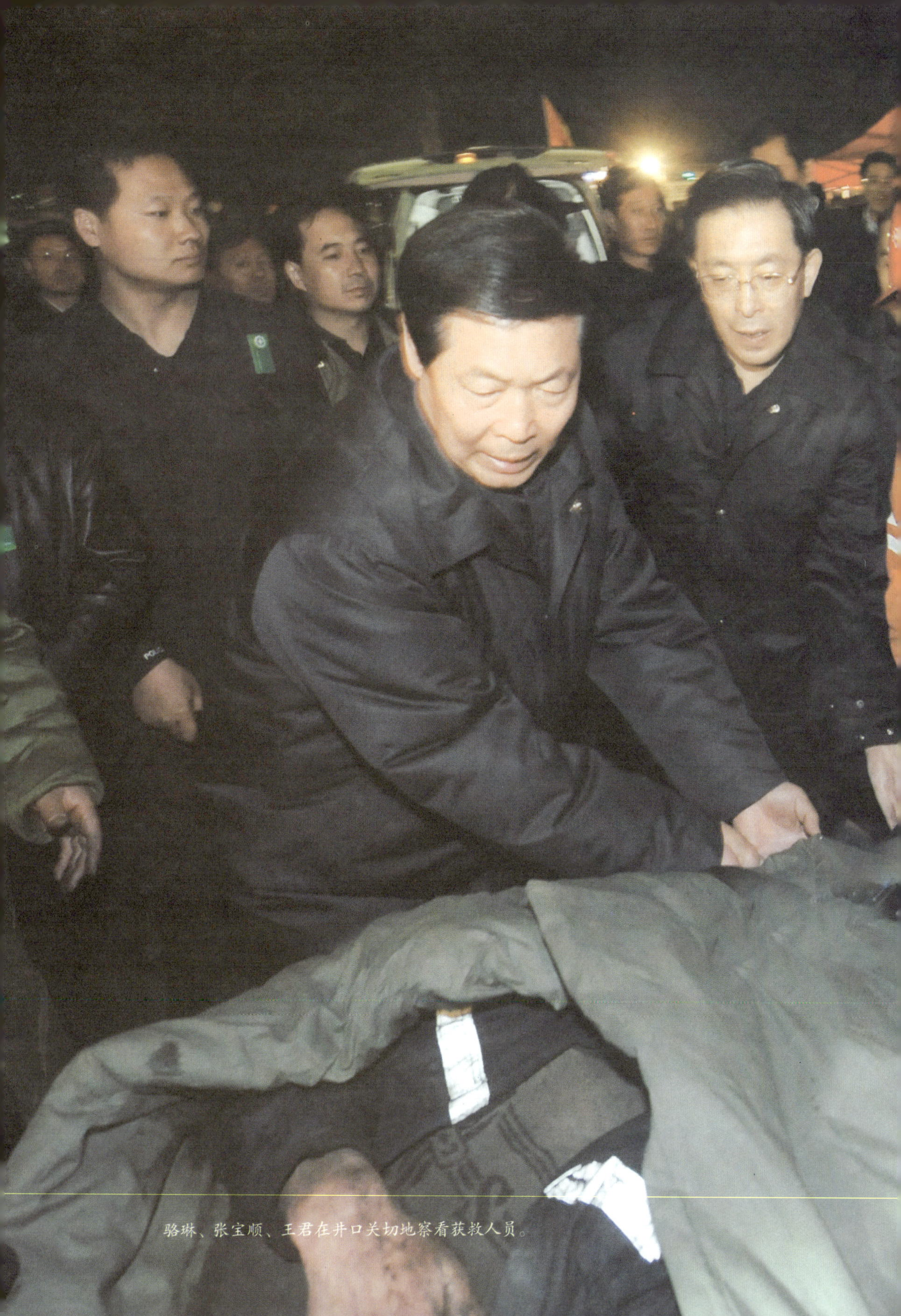

骆琳、张宝顺、王君在井口关切地察看获救人员。

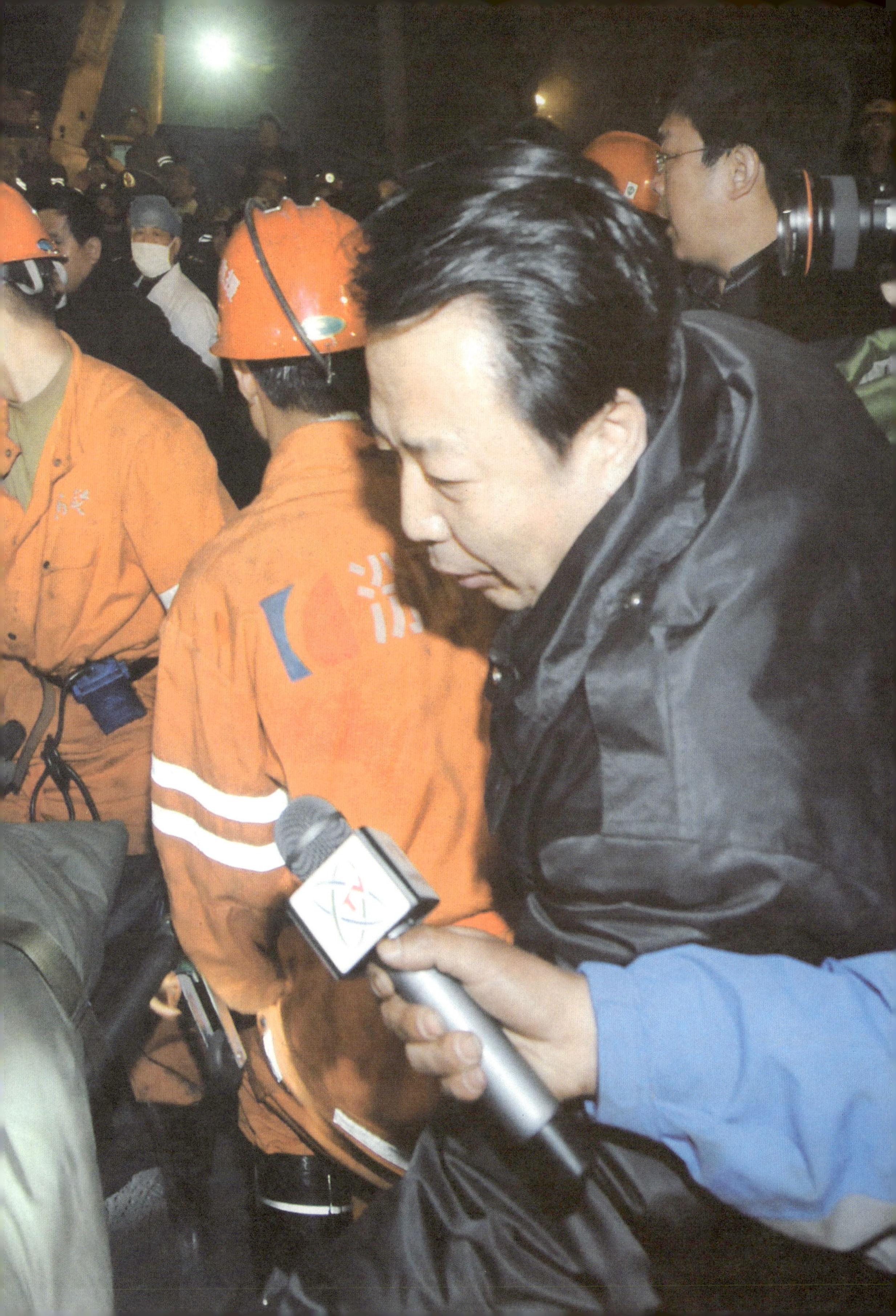

首批被困人员升井后，骆琳宣读张德江给抢险救援指挥部发来的电报。

念及身后的事情，他们考虑得更多：如果死了，孩子的学费从哪里来？如果死了，年迈的双亲谁来赡养？如果死了，孱弱的妻子再能靠谁？如果死了，贫苦的家庭谁来支撑？……

老天呀，你为何要用这种方式残酷地折磨人呢？

只有敬畏生命，捍卫生命，才有绝处逢生的机会。慌乱之后，井下一声“有组织不能乱”，成为被困人员在黑暗中的信念和精神支撑。

——“大家别慌，听我指挥！”

唐爱军，这个有着20多年井下工作经历的班组长，在危难时刻，给了工友们源源不断的精神动力。事发当天，唐爱军和20名工友困在井下一个狭小的空间内，四面全是水。他说：“说不害怕那是假的。那时你就是害怕也不能表现出来。”

身为班组长的唐爱军知道，在这危急的时刻，必须先稳住大家的情绪。他说：“我从来没想到我会垮下，我鼓励工友们，让他们保持平静，不要心慌，不要着急，想办法保住命就有希望。”唐爱军首先想到的是，节约矿灯电池，以备不时之需。他说，矿灯一个一个用，保持光亮。如果矿灯都没电了，水抽干了，救援的人都不知道。

——“有组织不能乱”

高世端，53岁，河南许昌人，有着30多年的井下工作经验。事故发生时，他正带领班上10个工人在井下作业，其他两个班的班长请假，30多人群龙无首，他便担当起老大哥的角色。尽管下了一辈子矿井，但这样的事也是第一次遇到。因为有安检员和瓦斯员在，他们就一起开会商量，决定由高世端担任组织者，所有的人都听他统一指挥。

“有组织不能乱！”这句话一直成为井下工人的主心骨。在高世端的指挥下，工人们分工合作，互救互助，对身体虚弱的工友特别照顾，终于坚持到最后。

——黑暗中坚定信念，坚持！坚持！！再坚持！！！

“在黑暗、寒冷、饥饿的日子里，我们从没放弃，我们相信，只要坚持，就有希望……”获救工人靳晋明说。

被困几天后，有的年轻人精神接近崩溃，老工人就鼓励安慰他们，编了个“3名矿工被困井底25天得救”的故事。获救人员赵新全说：“因为自己的年龄小，被困井下这些天，许多年长的师傅都很照顾我，怕我冷，他们把我挤在中间。”

——始终坚信：国家不会不管咱们。

陈宗勇是湖北襄樊谷城县庙溏镇人，去年5月，随姐夫魏合荣从湖北来到王家岭矿打工，没想到遭遇了这次矿难。

被困井下的前三天，陈宗勇感到非常恐惧，感觉离死神非常近。在他们所处的位置，尚有一处没完全打通的通气风道。工友们利用随身带的炸药，将风道炸通了，新鲜的空气涌了进来，又燃起了工友们的求生希望。

后来他想，这是国有大型企业，国家不会不管。想到这，心里也不再感到害怕了。

困在暗无天日的数百米矿井下，工友们靠着坚定的信念，互相关照，顽强自救，挑战一个又一个生命极限，他们同样是真正的英雄

——不熬到生命的最后一刻决不放手

获救人员李国宇和他的工友们把腰带解下来，绑了个圈，把腿别在上面，在巷道石壁铁丝网上像蜘蛛人一样挂了几天。在井下这几天里，李国宇用头盔盛自己的尿喝，后来没尿了，开始喝脏水，那水脏、浑、臭，不喝，渴！为了活，要喝！

李国宇说：在冰冷的水中整整泡了4天，那时心里还是很恐惧的，面临无望，人都会有恐惧感。但我有坚强的想法：一定要战胜这个恐惧。因为我上有父母，下有孩子，活着的时候也没为老人干点什么，还让老人牵肠挂肚；两个孩子大的15岁，小的两岁，房子也没给他们盖！一定要坚持住，非得熬到生命最后一刻，跟那蜡烛一样，不燃烧到最后一滴，誓不罢休。我们不甘心，还能因为这点水就让人给困死？

——无论多么艰难，都要相互救一下

河南农民工时关中是中煤集团普通的一名炮掘队工人。在生命受到威胁时，他无私地向工友送出援助之手。

时关中说，被困井下的前三天，巷道里充满了积水，我们只能手抓住巷道顶棚的铁丝网，顽强坚持。有同伴挺不住了，掉到水中，大家都会伸手帮助。我身边的那个兄弟，皮带断了掉下去了，我一只手抓住巷道顶部的铁丝网，一只手拽着他，让他重新绑好了皮带。当时，水面上我们只能露着头，每个人都是泥菩萨过河，自身难保，稍不小心就有生命危险。我认为人有了难处要互相帮忙，无论多难都要救一下，大家都来自五湖四海，虽不在一个班上，但都是兄弟。

——“决不叫一个兄弟掉下水去”

在铁丝网上悬挂了3天4夜的靳晋明说：我们死死地抓住顶上的铁丝网，刚开始还能凑合，越往后就觉得身子越沉。后来，我们就互相帮忙，把裤子脱下来，一边系住腰带，一边连到铁丝网上。有个伙计一只胳膊抓累了，换手的时候差点掉下去，我和另外一个人赶紧把他给拽住。大家一个个都像蝙蝠似地挂在墙上。一天过去了，两天过去了，有些人坚持不住了，我们就相互鼓励，能帮把手的就帮把手。我们中的一位老大哥说得好：大家一起坚持，决不叫一个兄弟掉下水去！这样坚持了3天4夜后，发现水位开始下降，大家分析说是井上正在排水，有救了！于是，大家跑到一个地势稍高的地方，靠喝水、吃煤泥和纸片坚持至救援队到来。

——两辆矿车成了他们逃生的“诺亚方舟”

第一批被救上井的9名工人，在巷道顶吊了3天，后来水位降下来，工人们发现有两辆矿车漂在水面，就分两组跳进浮在水面上的矿车。但矿车毕竟不是船，上面大，下面小，4个人在一个矿车里怎么保持车的平衡呢？这时，一个工友说他在黄河上开过船，知道怎么稳，大家心里就放心了。在矿车里，大家没吃的没喝的，急了就喝尿。在矿车上漂了5天，他们忽然看见前方有灯光，就组织工人们一起“嗷”地喊起来。这两辆矿车成了他们逃生的“诺亚方舟”。

——“红腰带保了我的命”

靳群红是中煤一建63处红旗队的爆破工人，今年是他的本命年，家人给他身上系着红腰带。靳群红说：“危急关头，是那根红腰带救了我的命。”

靳群红虽年纪不大，但性格乐观，讲义气，他周围有一群和他一起干活多年的兄弟们。在井下他和另一位工友成了大家的带头人

靳群红说，当时，底下是深水，要用手死死地抓住巷道顶的铁丝网。实在坚持不下去了，有工友用矿灯带盘住腰，一只手使上劲，一只手把外衣脱了，把自己吊在巷道顶上。我当时抽红腰带时，就想，多亏了家人给我的红腰带，是红腰带保佑了我。当时绑腰带时很吃劲，还断了一截。我总感觉我手上的生命线还没有到期呢！咋地也能活到100多岁。如果有机会的话，我还想回去看看巷道上我拴的红腰带，就在我手抓的那个巷道上面。

共产党员、有丰富经验的老工人顾全大局，果断决策，沉着指挥，先人后已，稳定了人心，为救援争取了时间

——老工人带领工人打开密闭逃生

事故发生后，井下的工人一时都惊呆了，纷纷从不同工作点逃生，危机之中，在一名老工人指引下，用镐头打开一个密闭巷道，爬到了高处，终于躲过了这场灾难。

救援队员发现，每一小组被困人员中，总有一两名年龄稍长、有威信的带头人，在工友们被困的这段时间里，他们起到了主心骨的作用。身为班组长的唐爱军在墙上刻了多条水位线，观察水位变化。看着水位慢慢往下降，他知道井上有人在营救，就一再鼓励工人们，一定要坚持住，坚持就有希望。

在安排升井顺序的过程中，总会有带头人站出来说话维持秩序，而他们却都在最后一批离开。

——共产党员张虎山带人查水位

52岁的工人张虎山有11年党龄。张虎山是普掘二队的班长，有着丰富的井下

作业经验。事故发生后，他临危不惧，把工友们领到高地后，第一个念头就是查水位。他们把皮带轮子放在水位线上，每三四个小时派人去看一次，画记号。如果水位下降了，皮带轮子就露了出来，如果水位上涨，皮带轮子就被淹没。

凹下去的那部分巷道，有的地方的水漫过巷道顶部，封死了整个巷道，有的地方则与顶板间尚有一段距离。张虎山就与工友们想办法，试着把风筒布吹成漂浮物，搭成软浮桥，载着工友去不同巷道查看水位。靠着这些积极有效的办法，张虎山与工友们坚持到了最后获救。

——南方人、北方工人相互协作，一对一帮助

50岁的湖南永州人陶志刚身材矮小，形容瘦削。讲起自救经历，他反复讲：生死关头，南方兄弟和北方兄弟相互协作，共度难关。

3月28日透水事故发生时，陶志刚正位于综采二队的主巷工作面上。他说，当

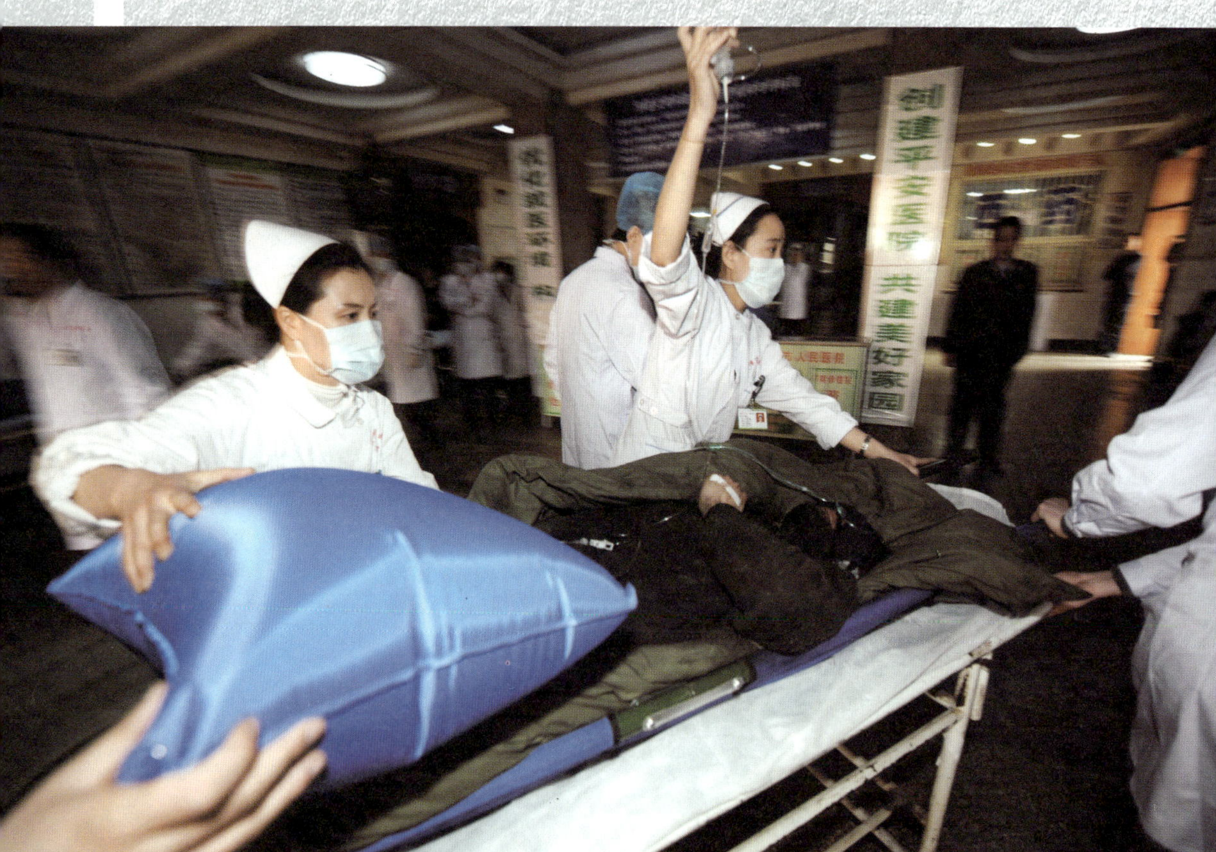

获救后的被困人员被紧急送往山西铝厂职工医院、河津市人民医院救治。

时在一起的工友们有40多人，南方人和北方人差不多各占一半。听到有人喊“透水了”，大家的第一反应就是往出口处跑，但是跑了几百米，发现巷道里的水越来越深。水涨得很快，眼看要淹到脖子了，矿工们被困在水里，进退两难。

熟悉水性的南方工友们发现了一条生路：可以拉成人墙，踩在高出地面80厘米的传输带上，起码可以拖延被淹没的时间。大家慢慢踩着传输带继续向前。北方的工人多数不会游泳，怕水，显得很慌张。老陶便和其他十几个南方工友开始对北方工友进行“一对一帮助”。尽管他们也特别吃力，但还坚持鼓励北方工友，叮嘱工友拽着自己的袖子，不要松手。“水实在太大了，渐渐淹过了头顶。先前游出去的设想被推翻了，大家只能就势扒住巷道两侧的墙壁，贴在墙上，像猴子一样，等待水落。”陶志刚说。

第三天，巷道里的水位逐渐下降了，矿工们赶紧找到一个干燥的巷道岔口，休息下来。随后的5天里，饮水和食物成了最难的事。为节省体能消耗，他们自发分成小组，每天派出两个人拿着矿泉水瓶去几千米外的巷道，为大家找水。老陶说，北方人重义气在这时表现得淋漓尽致。当地的北方工友比较熟悉巷道地形，身体比较结实，每次都主动要求去找水，拿回水来，总是先让给南方工友喝。

——8天8夜后为什么矿灯还能亮?

普通的矿灯只能持续8个小时。而井下工人们如何在被困8天8夜之后还能保持充足的电源?

“当时，有不少工人聚在了一起，为了保证大家在黑暗中不至于失去希望，我们自发地将矿灯收集起来，每隔一段时间开一次灯。”一位获救工人向医护人员说：“在被困的时间里，自己是负责管理灯光的，如果有人要大小便，就会由他来照明。”

工人们对矿灯进行了收集和合理使用。由有经验的老工人组织，每天轮流开几盏矿灯，保证井底照明。有的被困者获救升井后，手里的矿灯还能发光。

——一小块榆树皮，几个工友分着吃

45岁的河南许昌人李根奇是矿建四队的掘进工，平时的工作面在2号皮带巷内。

李根奇说，当时我们发现通风停止后，就感觉不对，立马往后撤退，但并不知道前面发生透水。当向巷道后方撤退200多米后，发现水涨得很快。工人们不知道前面情况怎样，就抓着墙上的铁丝网，向前攀着走，忽然听见前面有另外一拨工友喊："出不去！"临时队长高仕信是河南人，有丰富的井下经验。他让大家不要慌，并发动大家将传输带上的边管拆下来，搭建成高架子，盖上网片，上面放上水和纸箱子，以备水位继续上涨时食用。

我们在墙壁上挂了3天，不吃不喝。但我们并不慌张，因为知道肯定会有人救我们。我们想得最多的是，怎样保持体力和节省矿灯的用电。在漆黑的巷道里，矿灯就是我们的眼睛。第五天，水位下降了。班长张志强让大家分头行动，找点吃的。井下铺道用的枕木多数是杨树，上面尽管有树皮，可实在是干涩得难以下咽。"铺道时，我记得里面还有一些榆木，大家找找看。"高仕信的建议让大家看到了希望。我们找啊找，终于找到一根榆木，也是我们唯一的食物。大家尽快将树皮扒下，一人分到一小块。

——树皮泡软了再吃

"饿了，他们就啃树皮和木头，吃炸药包装箱的纸片或棉衣里的棉花；渴了，就喝矿井内的积水；冷了，就抱团取暖。"

一名姓薛的矿工说，因为他有胃痛的老毛病，每次下井时都会带一两个面包和凉开水。透水后的第二天，他才吃掉了面包。随后的两天里，他和另外几名矿工发现井下打桩用的木桩上有未清理干净的树皮，大家剥下树皮后，先将树皮泡在积水里，待树皮软了后再吃。虽然很难吃，但这是井下唯一能吃的东西。树皮毕竟是树皮，吃了后，大家胃疼得十分厉害，就开始以喝渗透水维持了，就是用安全帽接矿道壁上的渗水，沉淀后再喝。因为井内积水太脏，大家也不敢大量饮用。

——这辈子第一次发现人的呼气声如此动听

尽管大家都在黑暗中努力自救着，但时间一天一天地过去，随着体力的透支，一些人的情绪又不稳定了。

也不知从什么时候开始，整个巷道里没有任何一点声音了，极其安静。这个时候大家都在保存体力。唯一让工人们感觉踏实的是身边同伴的呼吸声。"我这辈子第一次发现人呼气的声音是如此好听。"获救人员马雨涛说。

说话成为奢望，呼吸成为人在死亡边缘徘徊时最亲切的声音。恐惧、惊吓、饥饿、担忧……每个人都进行着激烈的思想斗争，虽然没有话语。

——部分人出现不同程度的幻觉。

获救人员李长余说，“我一度感觉是睡在自家的床上，后来又起床了，想到村外去浇地，都说今年旱，我怎么感觉有那么多水呢？”“我也有一阵很恍惚，老是感觉自己在吃饭，吃了一顿又一顿，就是吃不完。”马雨涛说。

——“知道有救了，没有力气哭了”

“好像我们要得救了。”这个没有消息源的消息在某个时刻在人群中开始蔓延，因为人们听到了熟悉的声音：“好像快钻透了。”

巷道里的水也减少了许多。

“其实在那个时候，大家还不敢相信这是真的。”获救工人秦新天说，他以为自己是回光返照。听老人们说过，人快死的时候都这样，意识突然很清醒，像刚透水那会儿。

从矿井深处传递出的敲击声，虽单调而微弱，却是世界上最扣人心弦的声音。这是生命的信号，像战鼓声，催人奋进。

——2号钻孔传出“生命信号”

46岁的龚长忠来自河南信阳，4月2日，是他第一个向地面救援人员发出了“生命信号”。龚长忠讲述了传递“生命信号”的细节：

为了能让地面的救援人员发现我们，我使劲敲了四五下钻杆，紧接着，传来了地面救援人员的回应，我高兴地朝工友们大喊：“上面有信号了，我们有救了！”

当时井下就有人找到纸和笔，写了一条简单的求救信息：“我们打通了联络巷，送点食物下来。”把纸条塞进自救器里，有人提议将自救器绑在钻杆上，传送回地面。

当时，被困120多个小时的工人们已经极度疲惫。由于钻头距工人们聚集的地方还有很长一段距离，而且要趟着齐腰深的水走上数十米，派谁过去，大家有些犹豫。这时我就自告奋勇，脱掉衣服，沿着传送皮带，趟着齐腰深的水过去。我特地在巷道里找到一些粗铁丝，一圈一圈地把自救器绑在钻杆上，后来才知道，只有铁丝上去了，估计在钻杆回收过程中，自救器被蹭掉了。

当日15时10分，在出井的最后一根钻杆头上，地面救援人员发现了那缩挽成圈形的钢丝。18时02分，救援人员将营养液通过钻杆传递到井下后，龚长忠已经回到了工友身边。

“后来我们没有人再过去，也就没有见到送下来的吃的。”龚长忠想起这些，觉得有些遗憾。“但是那时候，我们已经知道，救援人员已经知道我们的位置，我们快要得救了。”

——为啥后来井下再没回应

后来没回应是因为不敢再敲，第一，担心井下有瓦斯，怕敲出火花引起爆炸；第二，井下氧气也不足，不敢多动，以保持体力。

——听到呼喊声黑暗中矿灯大亮

孟全福、张金、阎俊和孙海清是山西焦煤西山煤电救护大队队员，他们率先在井下发现了第二批获救的106名被困工人。他们亲眼目睹了井下被困人员的坚强毅力：

5日10时许，他们四人组成一支突击队入井搜寻被困人员。10时30分左右，当走到20102工作面皮带机头的时候，发现有矿灯晃动的光。他们赶紧跑过去，看见许多矿工或坐着或躺着。一名被困工人问：“你们是救护人员吗？”情绪激动的张金赶紧回答：“是！”话音刚落，被困工人的矿灯全亮了。一名工人激动地说：“你们可来了，我们一直在等着你们啊！”很多被困人员开始放声大哭。

——106人顽强穿过坑洼升井

“你们还有没有体力慢慢往外撤？”救援队员张金问。有的工人回答说有，有的说没有。列队往外走的时候，这些被困人员仍然很顽强。

这时候，孟全福在前面带路，一名救护队员在中间照看，张金殿后，106名被困工人在救护队员的引领下，终于艰难地走出了险境。

孟全福说：“有两名被困工人，主动帮我们把皮划艇从地上拖到了水里，还帮我划水。但到了救护队存放担架的地方后，他们就再也没力气了。”

11时左右，这些被困人员在更多救护队员的帮助下，穿过坑坑洼洼的水面，陆续升井。

孟全福说：“他们的生命力顽强得让人感动，当那么多矿灯全亮起来的一瞬间，我哭了，因为太激动了！”

奇迹的出现，缘于救援大军对生命的尊重和不抛弃、不放弃的持续努力。只要有一线希望，就不惜一切代价，尽百分之百的努力。

与时间赛跑，与死神抗争

在王家岭抢险救援大军中，有一大批经验丰富的矿山救护队员，为了营救井下被困人员，他们日夜奋战，分秒必争，甚至晕倒在了井下的通道上。

4日23时15分，接到抢险救援指挥部提前下井救人的命令，等待了8天8夜的抢险救援人员进入冲刺阶段。这些救护队员来自11支不同地方的矿山救护队，担负搜救第一批9名被困人员的重任。

4月4日23时20分，山西省水利厅救援队抢险救援第一组孙志勇、王卫平、张福柱3人与矿山救护队下井搜救。

下井前，张福柱简简单单的一句话，差点让邢建平落泪。“张大哥跟我说‘你还没结婚，我年龄大我先下！’”小邢说，张福柱说完这些话，就跟着汾西矿业救援大队下了井。

张福柱说，为了争分夺秒救人，他跟其他急救队员一路小跑下到井下，1200多个台阶跑下去，两条腿不由自主地开始发抖。但他没时间休息，一到水边就马不停蹄地开始安装皮划艇。

当时带来的皮划艇是四个气垫安装一艘，安装过程比较复杂，即便像张福柱这样的熟练工，安装一艘也需要20分钟时间。为了加快进度，张福柱现场当起了指导。第一艘船装好后，如何划船又成了问题。尽管其他队员使尽全身力气划桨，皮划艇还只是在原地打转，无法前进。看到这种情况，张福柱亲自上船执桨，顺利完成了“首航”。邢建平他们安装皮划艇，指导其他救援人员装船、划船，一干就是6个小时。

“只要我们能进来，就要把你们救出去”

4日23时15分，接到抢险救援指挥部提前下井救人的命令后，山西焦煤汾西矿业集团救护大队长陈永生就立即带人下到工作面，奋力划着皮筏，朝闪烁的灯光驶去。此时，水位还高，水面距巷道顶部只有几十厘米，加之水面杂物多，皮筏行进十分艰难。干了32年矿山救援工作的陈永生，也是首次在井下使用皮筏，操作不顺手。为了抢时间，他急中生智，把皮筏放了一些气，用手使劲撑住巷道顶，一把一把将皮筏推了过去。皮筏到不了被困人员所在的位置，救援队员们就纵身跳进水里，把被困人员抱上皮筏。一名被困人员问："能把我们救出去吗？"陈永生坚定地说："只要我们能进来，就要把你们救出去。"

47岁的王根生，是山西焦煤汾西矿业救护大队的队员，在井下，他找到了第一批被困工人。

王根生说，他参加矿山救援队伍已有27个年头，他知道在那一刻，在井下对被困人员作出这样的承诺，就像递给他们营养液一样重要。由于巷道积水有一人多深，本来两人坐着都很挤的皮划艇，他和队员王凯只能爬上去，到达救援现场。划过去以后，王凯就义不容辞地趟过去了，王根生在后面紧跟着推着皮划艇。

救护队员下井时每人都要背负十多公斤的仪器和设备，连日来的救援让一些队员的体力严重透支。7日上午，救护队员杨帆就晕倒在下井的通道上，他说，当时有点胸闷，气短，稍带点头晕，最长的一次连续工作了30多个小时。

阳煤集团矿山救护大队大队长助理戢维群说：4日晚22时30分，阳煤集团矿山救护大队接到指挥部命令后，13名救援人员立即下井救人，快步跑到回风大巷的水边，当时正在组装皮筏，戢维群就把衣服脱掉，穿上救生衣，戴了两个救生圈，拿了10袋营养液，向被困人员的方向游去。戢维群说：刚下去时水很冷，大约游了100多米，船组装好了，王贵林划船追上我。快接近矿车的时候，过不去，我们将皮筏放了一些气，才靠近了他们，只见矿车浮在水面，锚索从上面插下去，不能动，我跳到水里面把锚索拨开，但是由于矿车离顶板只有20厘米，被困人员出不了矿车，我就让王贵林将皮筏倒回六七米，我在水里把矿车向前推到顶板较高的地方。王贵林在上面拉，我在下面推，3人才上了皮筏，我便推着矿车里面的一个人往前走。当时工人们说，不要着急，实在进不来退回去，等水抽一抽再说。矿车和筏子都到水边后，救护队员的两幅担架把他们送了出去。

就这样，大家成功救出了9名被困人员。

5日11时许，第二批井下救援开始，西山、汾西、霍州煤电、潞安等11支矿山抢险救援队投入战斗。陈永生又冲在了最前面。他一个人在辅助运输巷里往返两次、救出6人后，已经精疲力竭。于是他又和副大队长同划一个皮筏，往返8次，又救出了22人。

太原煤气化公司东河煤矿救援队接到救援命令后，出动了120人，3月29日22时赶到事故现场。5日上午10时，30名救援队员下井抬担架，井下巷道非常窄，而且布满了管道，救援人员沿着很陡的坡道，奋力抬着获救工人向井口移动，从大巷底部到井口有1000多米的距离，每个小组要抬好几趟，救援人员郭保荣、王弹平、李红卫、杨家海一组。郭保荣说，他们下井连续抬了两次，当时抬的一名临县老乡，名叫高平，他一直护送到40号救护车上，并给高平的家人打了电话报平安。来自长治的一个小伙子下井抬了3趟，始终不告别人他的名字。他说，我就是要学习雷锋精神，做好事不留名，要不人家会说我们煤矿工人素质低。

从11时18分到14时15分，皮划艇在巷道里来回穿梭，又有106名被困工人陆续成功升井。

张二伙为介休市张兰镇张村人，中煤一建63处项目处普掘二队工人。今年农历正月初七，他将弟弟张冬日和外甥王明民从介休老家带到王家岭矿打工，本想把他们领出来挣些钱，没想到3月28日出大事了！4月3日深夜，在事故抢险现场外的一间小房子里，张二伙耷拉着脑袋，哭丧着说，井下有我的两位亲人，还有两个老乡。这几天我天天到现场操心看排水，急疯了！老家的询问电话不断，我咋说呢？我咋给家里交代呢？说着老张便用双手捂着脸，低头哽咽。

4月5日23时，张二伙兴奋地说："我外甥已经被救出来了，弟弟也应该出来了。不论谁出来，我都高兴！"张二伙激动地连续说了几声感谢："感谢党、感谢政府、感谢所有的救援人员、感谢记者！没想到这么多人能救出来，不论谁出来，我都高兴！"

由于多天来的连续作战，救援人员已极度疲惫，来自河北邯郸的救援工人冯小雷累得呕吐。从山西朔州赶来救援的队员韩新兰说："刚来那几天，每天下井十五六个小时;现在实行三班倒，也还困得很。"一位不愿透露姓名的矿工说，他马上将实施几天来的第12次下井作业，累是非常累，但总是带着希望下去的，"我们家里也有老婆、孩子，当然也想让井下所有被困人员都能活着见到家人"。

这是一种感动的力量。他们用微薄的力量体现着生命的尊严与伟大，这是一个催人泪下、感人肺腑、令人震撼的场面

对生命的敬畏，使得这些平日里默默无闻的工人兄弟成为光彩照人的群体。

4月5日这一天，115名被困人员“死”而复生的场面，是一幅催人泪下、举世震惊的画卷，让人动容，令人震撼，使人刻骨铭心！

8天8夜，所有人期盼的奇迹终于在这一刻变成了现实！

这是一段与死神抗争的人间神话。

这是一曲体现生命尊严的伟大的爱的壮歌。

这是中国人民挑战生命极限的伟大胜利。

第六封邮件

紧锣密鼓科学救治，医疗救助创造奇迹

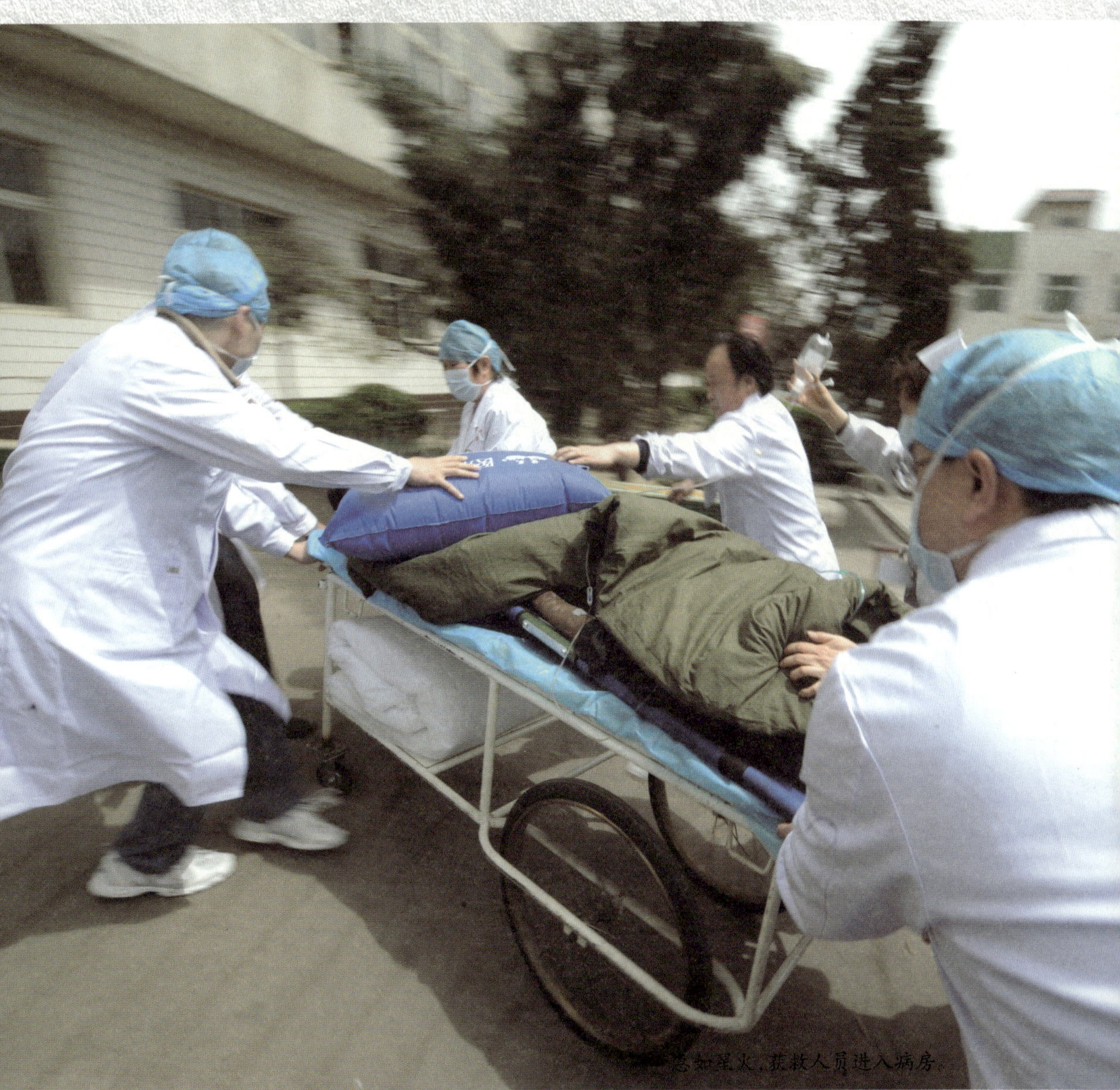

急如星火，获救人员进入病房。

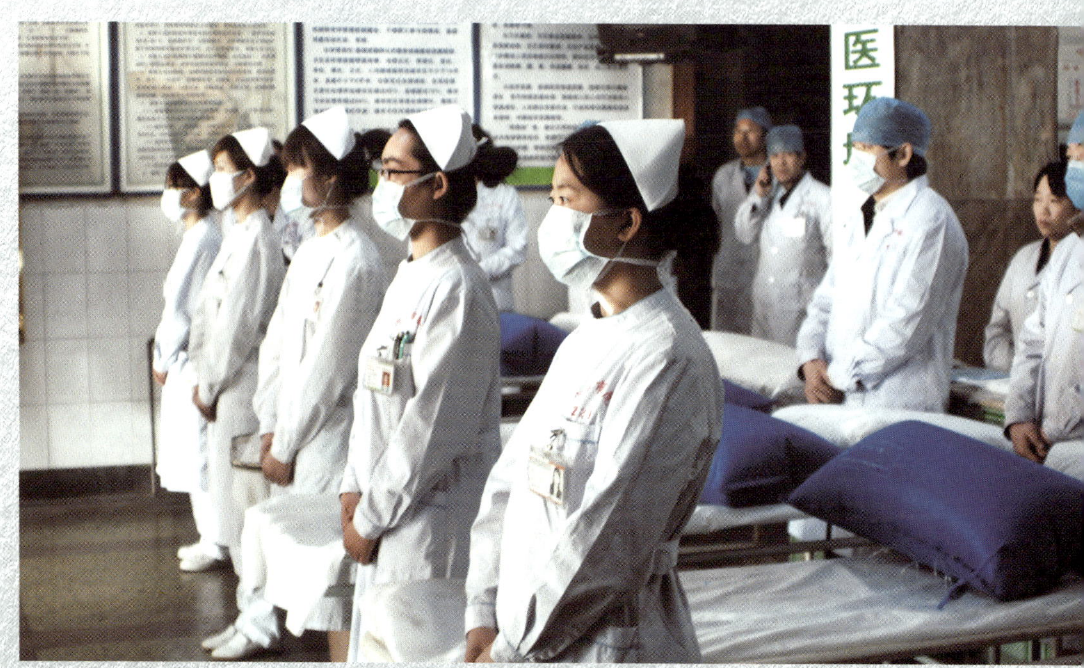

医护人员集结待命

一、集结王家岭

哪里有天灾人祸，哪里就有医护人员的身影；

哪里有救死扶伤，哪里就有白衣天使们。

在巨大灾难面前，我省各地医护人员丢下孩子，离开家人，匆匆向王家岭集结——

事发当晚，距离事故现场最近的山西铝厂职工医院就派出救护车在井口等待，调集了医院水平最高的医生，调用最好、最先进的设备参与救治；

河津市人民医院距离王家岭也近，有40多公里，事发1小时后，全院开始了紧急动员，院长丁光选带领医护人员，坐着救护车来到现场；

就近的稷山县人民医院接到救治命令后，门诊部护士长季东霞就急急地找人借了一个通行证，来到王家岭熟悉环境和道路。她说："我很紧张，紧张矿工兄弟生死未卜，企盼他们仍然活着。"

远在晋东南的晋城煤业集团总医院医疗救援小分队15名医护人员，携带医疗救援药品和急救设备，分乘5辆救护车，连夜赶往事故现场；

省城太原也紧急行动起来。省卫生厅迅速成立了医疗救治工作领导组和专家组，从省城各医院抽调了36名专家迅速赶赴河津市，准备开展医疗救治工作；

……

平日安静、人烟稀少的王家岭成了一个生命大救援现场，黄、绿、白、黑、蓝各色人影在晃动奔跑。黄的是矿山救护队员，绿的是武警战士，白的是医护人员，黑的是矿山职工，蓝的是公安特警。

矿难发生第二天，抢险现场就整齐地排列着20辆救护车和40多名医护人员，开始24小时在井口外待命，等候从井下归来的153位工人兄弟。

153位工友被困，我们不抛弃、不放弃、不离弃，抢险救援指挥部抱着153位工友全部生还的信念，要求在短时间内准备好153辆救护车，在现场24小时待命。两天后，省卫生厅抽调的153辆救护车全部到达现场，另有80辆在周边城镇待命，山西省三大医院的主力医护人员组成的12个专家组、156位救护人员已经到位待命。这些几乎是省内所有的优良医疗资源，这些专家都是山西的权威顶级专家。

153辆救护车，从王家岭的山下向上望去，如蜿蜒的长龙一般，每辆救护车均配足了被褥、氧气及必备的抢救器材，保证做到“一人一车，一医一护”。“爱心救护”几个大字在初春阳光的照射下显得格外温暖，融入了每个救援人员的心田。

矿山发生透水事故，从以往经验来看，医疗救治和下井救援、工人自救一样重要，是不折不扣的“第三救援现场”。此时，153人还被困在井下，胡锦涛总书记、温家宝总理等中央领导已就获救工友的医疗救治工作做出重要指示。骆琳局长、张宝顺书记和王君省长下达了死命令：全力救治获救工友，确保每一位获救工友都能得到及时有效的治疗。

我们相信，他们都能回来！获救工人医疗救治战役紧张打响，在卫生部专家组的指导下，省、市、县三级卫生部门密切配合，制订了井下救治、井口救治、转运途中救治和医院救治等比较系统的救治方案。事故医疗救治领导组组长、省卫生厅厅长高国顺说：“整个救治要保证每个交接环节用最短的时间进行。救治原则是调动最好的医疗资源，争分夺秒，抢救生命！”

前方3000多名救援人员不分昼夜、不顾疲劳地在井下排水搜索。后方医疗队

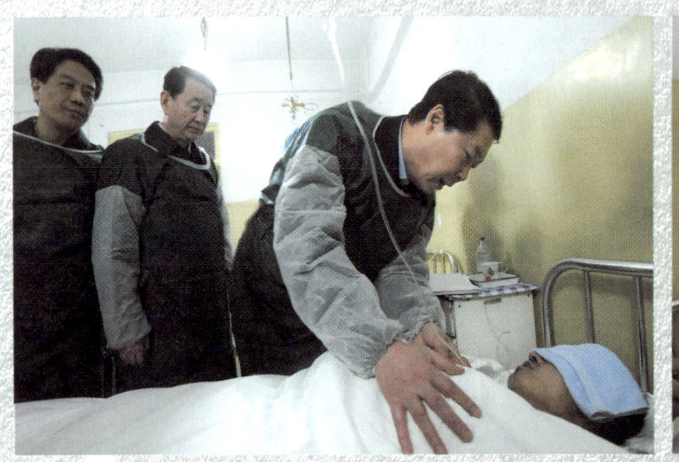
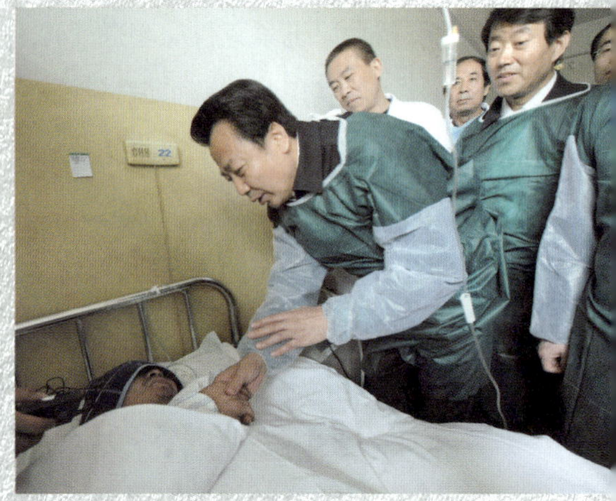

殷殷嘱咐——万语千言尽在关切的眼神中

伍整装待命，积极准备救治工作。医疗救援确定山西铝厂职工医院、河津市人民医院、河津市中心医院、稷山县人民医院、新绛县人民医院等距离现场最近的医院为获救工人升井后的定点治疗医院。

山西铝厂医院、河津市人民医院和河津市中心医院，预留出153张救治床位，调集医护人员，做好医疗设备和药品等各项准备工作，制订了应急预案，全院动员，全力以赴，做好相关井下救治、井口救治、转运途中救治和医院救治工作，做足了一切准备。

稷山县人民医院迅速组建了矿难医疗急救队，将分泌科作为事故救治病区，准备了20张床位，每张床配备了心电监护仪、呼吸机、生命体征监测仪等抢救设备。20张床位还全部配备了崭新的生活用品，组织了40人组成的医疗专家组，行政、后勤、保卫等100余名职工全部在家待命，随时准备接诊获救矿工。

救治医院的准备工作做到了细致、细致，再细致，人员配备齐、药品器械准备好、救治方案完善好。他们还准备好了获救人员的生活用品，在每张病床前摆放一个热水瓶、一只脸盆、一条毛巾、一块香皂、一套病号服、一盒纸巾、一瓶洗手消毒液、一个便盆、一个喝水杯等。

为了保证接诊救治万无一失，几家医院还进行了转移、入院等演练。铝厂职工医院院长原天平说，准备了葡萄糖、盐水、氨基酸、透析设备、高压氧等，只要有可能使用的药品、器材都已经过多次检测，确保万无一失。该院外科护士长吴瑞霞

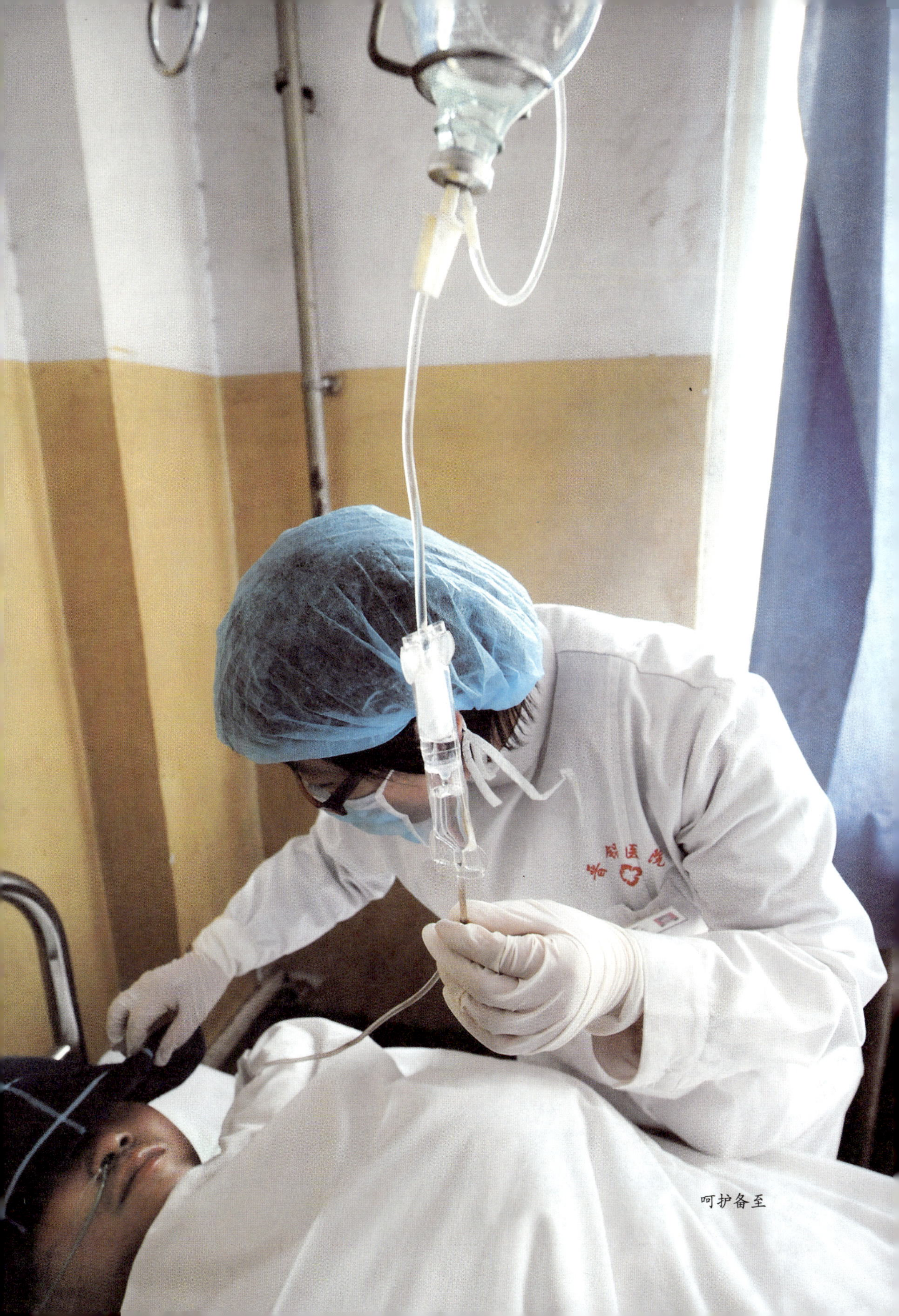

呵护备至

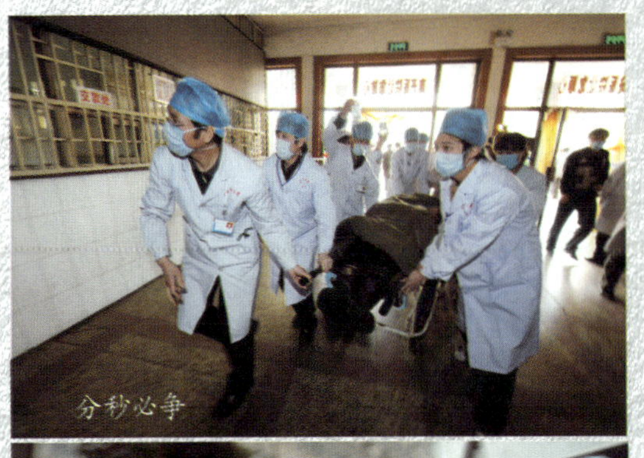
分秒必争

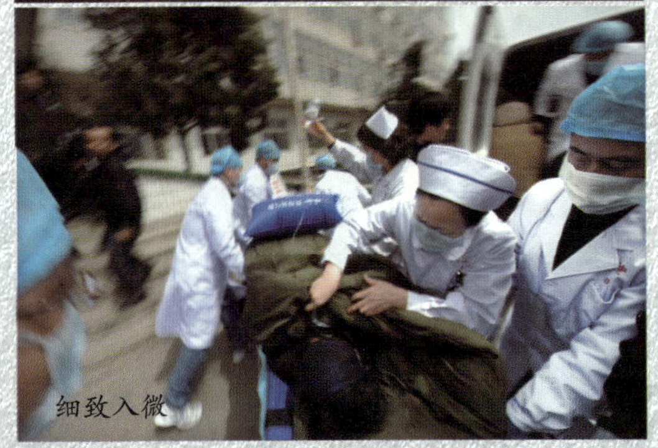
细致入微

说："对进入病房、救治等环节进行了很多次演习，这种演练只有在汶川大地震时使用过，救治方案是用的汶川大地震的经验。"

从事护士工作31年的苏金芳，是河津市人民医院外二科护士长。她说，院里全员动员做接收获救工人准备，腾病房，整理床位，配备生活用品，还进行转移、入院、护理等训练，每天工作十几个小时，有时还得去王家岭等候转移获救工人。为了153位工友，她婆婆正在住院，病房和她所在的外二科相隔不到300米，她也没顾上照顾一天，儿子清明从太原回家，她没给他做一顿饭，儿子走时也没去送。

从3月28日到4月5日，这段时间里，抢险救援人员所做的工作就是排水、排水，再排水，而医疗人员只能是准备、准备，再准备，他们不停地完善各个环节预案：准备医疗用品、细化接诊任务、演习救治方案、培训护士护理等。

这是一个漫长的焦急的让人心碎的待命，大家心里都清楚，拖一天，过一秒，井下153位矿工的生命就会增加一分危险，救援就会减少一分希望。但别无他法，他们能做的就是随时待命。

4月1日迎来了医疗救援的一个重任——为井下被困人员配制营养液。

2号竖井即将从地上与地下打通，地上和地下有了一个直接通道，能够为井下通风送气、稀释瓦斯、传递信息，也能够给井下被困工人输送给养，这是一条生命通道。当晚8时许，抢险救援指挥部命令河津市人民医院紧急配制营养液，要给井下工人进行输送。

这时，已经是晚上9时多了，医院全院行动起来，在专家组的指导下，很快把

为生命鼓掌——自发守候在山西铝厂职工医院外的民众

葡萄糖、盐水和牛奶按一定比例混合，制成营养液，装在密封袋里，快速送到救援现场。第二天，这些营养液通过2号竖井“生命通道”送到井下，为救援争取到尽可能多的时间。事后，河津市人民医院副院长周鸿建说，连续3天共配制了糖盐水180瓶、奶盐水100桶，我们每次要配制到凌晨一两点，还要马上送到现场，但没有一个人叫苦叫累，所有的人随叫随到。

从2日至5日，在风机轰鸣的王家岭生命大救援现场，标有红十字的医疗救护车静静守候着，数百名医护人员在焦急地待命，头上的星空和脚下的大地与他们一同静静地等待。

漫长的等待十分难熬，令人心焦，让人烦躁。但为了能让153位工人生命延续，能够让他们从死神手中脱险，医护人员认为，所有付出的辛劳、焦虑，都很值得，也无怨无悔。

苍天不负有心人，也许是白衣天使的真诚感动了上天，让他们的精心准备、漫长等待有了回报。

这一刻，终于到来了——

二、紧张大接诊

4月5日，王家岭矿“3·28”透水事故第8天，这天是中华民族的传统节日清明节。从这天起，生命大救援出现了重大转机。

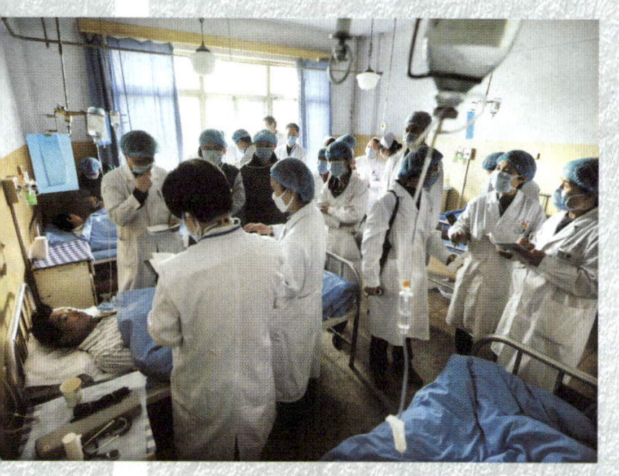

5日0时，听说在井下发现第一批9名幸存者。在现场亲自坐镇指挥的省人民医院院长张汉伟，马上派3名医生带着必要设备和矿山救护队员一道，从坑口深入到坑底600米处进行现场救治，在被困人员出井前，就已决定了输送营养液类型、怎么样输送、怎么样服用等，这减少了救治诊断过程，能够保证被困人员一升井就能够得到精心

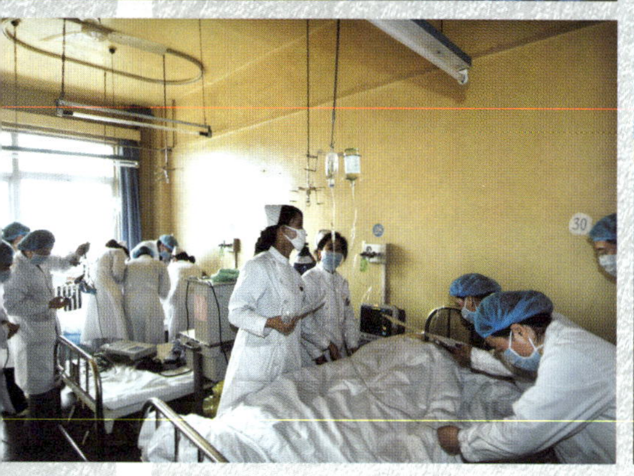

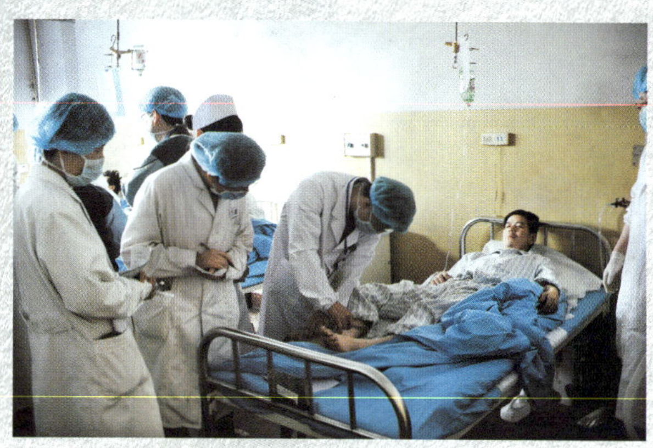

救治。而以往的矿难医疗救护工作都是从救援人员把矿工抬到井口，送上救护车的那一刻开始的。这是王家岭矿医疗救助的创举。

0时35分，万众瞩目下，第一位被困人员成功升井。他叫靳群红。他一出井，就被抬上救护车，接受输氧，进行血压和心率检查。靳群红一被送进救护车，马上转送医院。

转运途中交警武警全线执勤，保障畅通无阻。每辆救护车由一辆警车开道。每辆救护车里，配备三至四位医护人员。获救人员在转运途中，受到了精心呵护。铝厂职工医院护士小高回忆说：我们一直在为被救工人进行体格检查，记录病情变化，并与接收医院的医师进行床旁交接，随时准备与北京专家取得联系，进行专业救援指导。

此时，距离王家岭最近的山西铝厂职工医院里灯火通明，医院急诊楼前人来人往。当他们在电视机前看到王家岭矿"3·28"透水事故井下获救人员已经升井后，马上按照这几天准备的预案行动起来，医护人员紧张地等待着，期待着被救人员的生命体征能够更好。

1时22分，随着急促的警报声，车牌号为晋EJM006的第一辆救护车闪烁着耀眼灯光，风驰电掣般驶入人们的视线。涌上街头的上千名职工群众报以经久不息的掌声。这是欢呼的掌声，这是期盼的掌声，更是为生命喝彩的掌声！

救护车一停稳，等候在旁的医护人员立即冲上前去，打开车门，六七名医务人员小心翼翼地保持担架平衡，把靳群红从车里抬出。从职工医院大厅门口到电梯口，仅有150米的距离，这是一条生命的通道。为确保畅通无阻，医护人员每两人一组，共分5组承担起了警戒任务。从大厅门口到三楼病房仅仅用了不到4分钟，这是与时间赛跑、与生命赛跑的4分钟。

获救人员靳群红的担架被推进了抢救室，并按照既定的医疗方案实施救治。其实，在途中已经给他做了初步检查，他的血压基本正常。医护人员迅速给他擦洗身体，做常规检查、生命体征监测、外伤检查。一个病人一套方案，三个小时，床前会诊三次，专家讨论三次。

从第一名获救工人靳群红顺利出井，到进入山西铝厂职工医院病房，中间过程花费不到1小时。"从救护车到达院内，再通过走廊、到电梯、进入病房，我们经

过了几十次时间计算，医护人员进行了预演，目的就是要尽可能缩短时间，抢救生命。”原天平说。

在同一时间的三楼病房内，北京协和医院、山医大附属医院、河南平顶山医院的专家们与中铝山西铝厂职工医院数百名医护人员，通宵达旦，等着随时可能出现的病情恶化，以便紧急抢救。

在随后的近1个小时内，9辆急救车相继抵达，首批获救的9名被困人员全部安全抵达山西铝厂职工医院。在病房里，一位刚刚进入病房的获救人员用电话与家人进行联系。“我很好，你和孩子现在还好吗？”一句话，感动了所有在场人员，也让医护人员深感责无旁贷。职工医院外科大夫吴双燕说：虽然已经两天两夜没睡觉了，但工人们强大的生命力深深地感染了我们，我们一定全力做好救治工作。

医院内对获救工人紧张施治，医院门口则挤满了从四面八方赶来的群众。100多名山西铝厂的职工和附近的村民，手持着“祝贺营救成功”等条幅，以热烈的掌声迎接着一辆又一辆救护车的到来。

5日上午11时许，继凌晨9名获救者成功升井后，井下再次传来好消息，又有106名幸存者被相继发现。骆琳、王君疾步走上前，小心翼翼地帮救护队员抬担架，一直送到救护车上。目送救护车驶离，他们又回到井口，继续帮助下一名刚升井的幸存者。

这是一场生命救援的接力赛，这是一场与死神的争夺战。从井下到井上，再到医院，各个环节衔接紧密，组织有序；救护队、担架队、医疗队，协调配合，环环相扣。每当一名幸存者被矿山救护队员抬出井口时，现场救援人员无不群情振奋，鼓掌祝贺。

铝厂职工医院收治了36位获救人员，其他获救人员转向河津市人民医院和河津市中心医院。

4月5日上午，河津市人民医院门诊大厅外，一辆辆救护车拉着获救人员，快速驶入大门。车一停，省委书记张宝顺立即上前，打开车门，和医护人员一起小心地把获救者送到担架车上，推着担架车快速走向病区，并不时大声叮咛：小心点！走得稳一点！不到5分钟，就进入为获救人员专门设立的独立病区，接受救治。

此后，救护车一辆接一辆驶来，每辆救护车来后，张宝顺都要大声叮咛：小心点！走得稳一点！在等候病人到来的空隙，张宝顺向卫生部副部长尹力介绍说，每一位获救人员都安排了专门救护小组、成立了专门医疗小组、制订了个性化治疗方案、安排了专人陪侍，并有工作人员向其家属通报情况，进行安抚。

短短几个小时里，河津市人民医院收治了49位获救人员。对于紧张、忙碌而有序的接收，年届六十的外二科主任张浩有切身的体会。他说，4月4日晚10时多，接到了准备接收获救工人的电话，我连跑带走10分钟赶到医院，和同事们接收了49位获救工人，对49人一一进行检查，直到6日晚上才回家休息。他几乎两天两夜没有睡觉，其实，在前几天的准备中，他一天的睡觉时间也没有几个小时。

院党委书记米文奎在门诊大厅忙着指挥接诊，每位获救工人到来，他都要上前看看，有时还指导指挥医护人员，最后他的嗓子沙哑得说不出话来，但还是坚持到获救人员全部进入病房，事后他说："为了这一时刻，我们准备了几天几夜，再累心里也高兴！"

看着49位获救人员全部被安全送进了病房，张宝顺心中稍稍有些平静。但他还想知道其他收治获救矿工的医院的情况，了解获救工人的病情，他于是马上又来到了河津市中心医院和铝厂职工医院。当看到一切进展顺利，获救工人病情稳定时，他仍叮咛医护人员说，要发扬连续作战、顽强拼搏的精神，在确保安全的前提下，争分夺秒，千方百计多救人。

115位获救工人牵动着各界，全省上下都是为了这一刻。5日在井口守候了一天的省长王君，也没有顾上休息，6日上午，就风尘仆仆地来到河津市人民医院等三家接诊医院，看望慰问获救人员。他对医护人员说，要把医院作为抢险救援的一线，组织强有力的医疗专家，利用最有效的医疗设备，精心治疗、精心护理，做到安全升井人员都能够得到最好的医疗救治，确保不再死亡、避免伤残、全面康复，不留下后遗症，让每一名获救人员尽快康复出院，创造出医疗救治新的奇迹。

9天8夜生死营救，9天8夜顽强坚持，感天动地。在与生命赛跑的过程中，出现了一个个医疗英雄，在他们身上闪烁着民族精神，从他们身上看到了我们新时代的民族脊梁。

山西铝厂职工医院ICU（重症监护室）主任杜康全就是其中的一位。4月5日凌晨5点多，杜康全所在的第13号救护车停在距离升入井人行通道不到5米的地方待命，他得知救治组组长张汉伟急需人员更换井下医务人员时，义不容辞地向张汉伟院长请战："我去，我在ICU工作，经验丰富，一定能完成任务。"张汉伟向杜康全强调了井下急救要点，几分钟里杜康全就学会了操作要领。他和其他3名医务人员兵分两组，到井下对获救人员进行生命迹象判断。

6点整，杜康全和苗鸿从出风口通道入井。等待是漫长的。11时许，井口方向传来几个人急促但有力的脚步声，有情况！杜康全和苗鸿迎了上去，果然，是第10名获救矿工出来了。杜康全压抑住内心的激动，用手把住矿工的手腕内侧，脉搏清晰，"马上送上救护车。"一个、两个、三个……下午4点钟，因为等待救援，两天两夜没有睡觉的杜康全有点支撑不下去了，受伤的腿因为长时间站立一直在隐隐作痛，但是手上的诊断不能停，一定要快，救援人员抬担架已经很累了，前面还有上坡要爬，获救矿工的每一分每一秒都是生还的希望，要让他们一鼓作气上去……106个！106个！杜康全的手摸遍了第二批获救的106名矿工，4个多小时的时间内106个生命从他的手中传递下去。

从4月5日凌晨零时35分，第一位获救者靳群红顺利升井，到下午3时40分左右止，在短短15个小时内，115名被困工人先后成功升井，并很快被分别安置在山西铝厂职工医院、河津市中心医院和河津市人民医院。三院收治获救人员分别为36人、30人和49人。尽管多数获救矿工体质虚弱，部分还有外伤和基础性疾病，但在转运、入院中没有发生一起次生灾害事故，做到了百分之百安全转移、安全入院。

这次生命救援大接力中，医护人员功不可没。前来看望获救工人和慰问医护人员的省长王君十分满意，他高兴地说："此次救援创造了3个奇迹：一是人类生命的奇迹。被困人员在井下恶劣的环境下顽强生存了8天8夜，有115名工友安全升井。二是这次救援的奇迹。省委、省政府和国家安监总局认真贯彻落实党中央和国务院指示精神，经过8天8夜的不懈努力，救出115名工人。三是医护救治的奇迹。医护人员经过辛勤工作，保证了被救的115名工人安全脱险。"

115位获救人员升井了，千里之外的国家卫生部里。卫生部陈竺部长、张茅书记要求来晋的专家组要深入现场一线，指导和协助解决矿工救治的主要问题，强调要用山西省乃至全国的优势医疗资源和力量，千方百计地做好医疗救援工作。还协调北京协和医院、全国矿山救护中心和平顶山市急救中心，组建了由急救、重症救治、营养治疗、消化科、皮肤科、外科等方面11名专家组成的专家组再次赶赴山西。

三、转诊大动员

救援写历史，生命书奇迹。这是对115名工人获救的至高赞美。

但不容回避、也是严峻的事实是：115位工友已经在恶劣的矿井下不见天日8天8夜，在这段时间里，他们只能吃树皮、纸箱和煤块，喝自己的小便和不干净的脏水，甚至有些人还长时间泡在冰冷的水里，有人在自救时把自己吊在半空，他们与死神顽强抗争了8天8夜。经历8天8夜磨难的115人究竟病情怎么样？能否保证不再出现一起意外，能否保证不会功亏一篑呢？升井后死亡，这个可怕的词语，

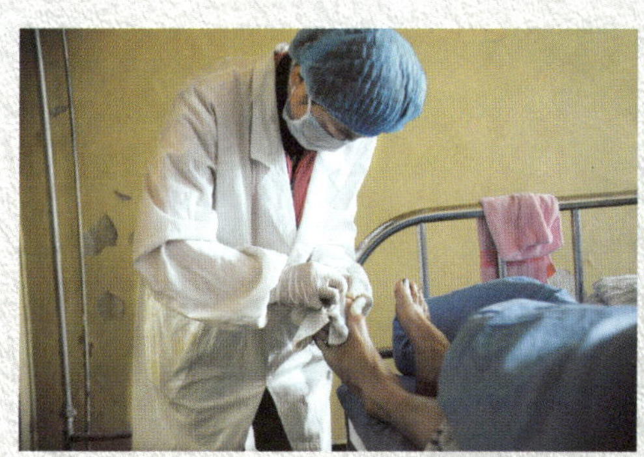

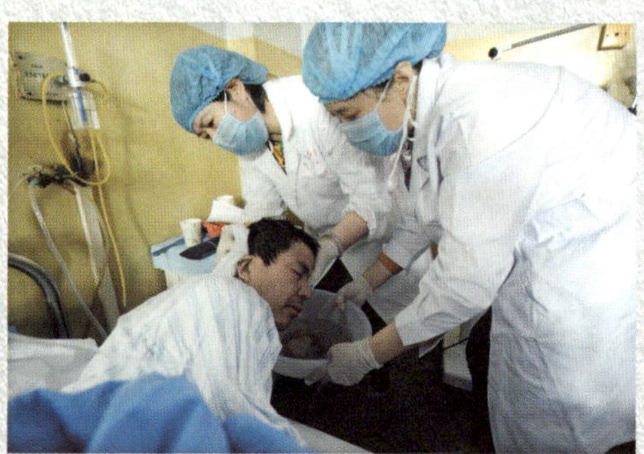

谁的嘴也不敢、不想、不愿说出。现场的医疗专家们、现场参加救援的领导们，都悬着一颗心，手里捏着一把汗。

人们的担心也不是多余的，在河津市人民医院接受治疗的49位被困工人中，部分工人病情不稳定，有些人脱水严重，还有一些工人出现了身体内脏器官衰竭的症状。

4月5日下午，来自卫生部的专家组分为3个组，来到河津市三家收治医院，对工人的病情和医院进行了评估，并指导医院对重症病例如何进行救治。专家们忧虑地说，三家定点医院均为县级医院，救治条件和能力有限，而工人的病情也不是很乐观。

8天8夜，115位获救工人从死亡线上走了回来，难道还要因为救治不力、救援耽搁再次丢掉性命吗？如果真的出现这么一例，那医护人员就是千古罪人，就要遭到全国人民的指责和唾骂。山西也会被全国舆论骂杀。来自全国各地、全省的医疗专家谁也清楚这一点，省里有关领导更明白这一点。

形势异常严峻，情况万分危急，我们怎么办？转移到太原治疗是相对安全的举措，也是相对可行的科学办法。

当天晚上，卫生部尹力副部长主持召开会议，由山西省委、省政府、省卫生厅相关人员和医疗专家参加，共同商量解决办法，并对此进行拍板。最后，一致决定把长途转运不会发生危险的60位较重病人，及时转送到太原市救治条件好的医院进行救治。

这一天是清明节，这是一个全国性的节日。这个节日在山西来说，更有其特殊性。人们要去逝去的亲人坟上扫墓。这一天，大多数人晚上不出门，要在家里早些休息睡觉。但这些禁忌，相比于115位获救工人的生命来说，都显得微不足道，甚至许多人忘记了这个日子的存在。

月明星稀，初春寒冷；一方有难，八方支援。

60位转诊工人的生命安危拨动了全国人民的心弦，三晋大地彻夜不眠，医护人员、铁路工作人员、公安交警、武警人员又忙碌起来，开始为明早的千里大转诊做准备。准备的时间只有几个小时，尽管只有几个小时，但准备一定要充分、充分，再充分，绝对要保证60位获救工人不出一点差错，转诊时不出丝毫纰漏。

这是一个不眠之眠。50年前，山西平陆发生了“为了61个阶级弟兄，全国紧急动员”事件。今天在厚重的三晋大地上又发起了为了60位获救工人顺利转诊的全省大动员。

这是“为了61位阶级弟兄”精神的延续，这就是我们对生命的莫大尊重，就是我们对人权的莫大重视，这也是社会主义制度优越性的淋漓尽致的体现，更是集中力量办大事的极好发挥……

可感天动地，与日月同辉……

当晚8时多，忙碌了一天、来不及休息的河津市三家定点医院在专家组指导下，筛选出适合转送的60名较重病人，准备好相关资料，准备转送到太原。60位转院工人名单中，河津市中心医院30位矿工全部转走，河津市人民医院转出20位，山西铝厂职工医院转出10位。

山西医科大学第一、第二附属医院以及山西省人民医院是山西省医疗条件最好的医院，当然是转诊的目标医院，三家医院各接收20名获救工人。

当晚，三家医院紧急动员起来——

晚上11时许，山西医科大学第一附属医院接到山西省卫生厅指示，迅速成立了由院长、书记任组长，其他院领导担任组员的“医疗救护领导组”。当晚，医院召集综合科、骨科、呼吸科、精神卫生科、职能处室等负责人召开紧急会议，要求在15个小时内精心做好收治获救伤员的准备，尽全力救治工人兄弟。医院在短时间内组织医护人员腾出20张床位，调集监护仪，准备了全新的被褥和病员服，确定救治方案，为医院收治的20名伤员确定了专人医护，并召集齐60名青年志愿者，全力运送伤员。除准备正常用药外，医院还准备了营养液、白蛋白等特殊药品，预防饥饿综合征。

晚上11时许，山医大二院接到救治任务通知后，立刻抽调了包括心血管、神内、血液、呼吸、肾脏等科室在内的各科主任，组成10人的专家组，同时，还抽调了60名护士组成护理组。此外，还为获救工人配备了营养师、心理师进行辅助治疗。

晚上11时许，省人民医院连夜腾出16间干部保健病房，成立专家组制订治疗方案，配备了生活护士和心理干预医生，做好收治床位、医疗设备和药品等方面的准备。

与此同时，卫生、铁道、公安和安全生产应急救援部门密切协调、有效配合、反复演练，切实做好转送60名伤员的准备工作。当天傍晚5时，铁道部就下达了转运60位获救工人的命令。铁道部还专门调配了转运矿工的“救”字头列车，指定太原站执行，负责调整好安全停靠事宜。

6日凌晨1时，一辆代号为“救2次列车”的改装列车驶进了河津火车站。这趟列车是铁道部临时抽调的，前来承担转运王家岭60名重伤员的任务。这辆专列具备转运条件，受伤伤员全部能从火车车窗被抬入，火车调度具有转运经验。这样的列车曾在汶川地震后，担任过铁路系统转运6000位伤员的重任。

太原火车站为了迎接矿工到来，专门出台了应急处置方案，并进行了相应演练。太原交警考虑到，60位工人来太原进医院时，正是下班交通高峰期，会影响获救工人快速平安到达各大医院。他们连夜做出了交通疏导预案，决定由警车开道，为获救工人专门开通特勤通道。

离太原80公里的忻州也在当晚紧急行动。忻州市卫生部门接到了上级分派转运任务的通知，连夜安排布置组建车队，组织了市内四大医院的ICU、外科、骨科、急诊科等科室的16名医护专家和医护人员，组成救援转运车队，奔赴省城参与转运救援行动。

……

三晋大地，今夜无眠！三晋儿女，今夜不眠！

上下动员、万事俱备，就等大转诊到来，保证60位获救工友顺利转诊，不能出一丝差错。

四、千里大转诊

这是一次可以和汶川地震转诊相提并论的转诊，这是也汶川大地震转诊经验的再现。

6日5时开始，河津市人民医院、河津市中心医院和山西铝厂职工医院医护人员，仅仅用了半个小时，就把收治的60名较重伤员全部抬上救护车。

几分钟后，60辆救护车集结完毕，分别停在三家医院门口等候转运伤员，每辆救护车上有一位伤员，并配备一位医生、两位护士。

5点55分，铝厂职工医院的10辆救护车进入河津火车站。车一停稳，救护车后门就被打开，年轻的武警战士马上开始抬担架。一位妙龄护士不断提醒抬担架的战士："慢点，再慢点，别着急，他们害怕晃动。"进入火车车厢前，有一段将近40度的斜坡，武警战士高举着伤员担架迅速冲上斜坡，来到火车前。这些抬着矿工的担架并没有从狭窄的车门进入火车，而是靠所有人托举从火车车窗进入车厢，一双双温热的手和托举人高高踮起的脚尖，让在场人的眼眶湿润，民警们连抬的是谁也不知道，获救工人也不知道是谁抬了自己。但这并不重要。

这列特殊改造的转运火车有4节车厢，每节车厢可容纳15位伤员，所有伤员均被安置在卧铺的下铺。为了在整个转送过程中保证所有伤员病情平稳，不出现意外情况，北京协和医院临床专家同车前往太原，指导和支持做好伤员的转送和接收工作。此外，还在列车上配有省城及河津当地的10名大夫、40名护士。

7时多，"救"字头专列徐徐驶出河津火车站，河津火车站铁路工作人员、河津医护人员、公安和武警们终于松了一口气，大家互相看着，脸上露出了笑容，一晚上的心血没有白费。

此时，千里之外的省城太原还在紧张准备着，他们也充满了期待。

昨夜无眠，今天忙碌。

上午9时，太原火车站1站台上，救护车、医护人员、公安交警、武警、铁路工作人员全部到位。60辆救护车整齐地停放在站台上，保证"一人一车一医一护"，另有4辆备用，车内心脏监护仪、吸引器、呼吸机、氧气袋一应俱全，随车的一名医生、两名护士仔细检查着车内的急救药品和相关仪器，随时待命。太原火车站的8名工作人员手捧鲜花准备迎接矿工，武警战士也各就各位准备抬担架。

7时多，省人民医院ICU病房里，几十名护士已经轮番对设置在床头的心电监护仪器、氧气输送装置完成测试。ICU病房的通道一侧，堆放着20多箱准备好的急救药品，包括生理盐水、葡萄糖、营养液、电解质等。细心的护士们在每张病床周围挂起遮光帘，让患者保护眼睛的同时，有一个安静舒适的治疗空间。同时，医院打开专用绿色通道，确保转运获救矿工的专用电梯、运输通道一路畅通。

平日就繁忙的山医大一院，今天早上异常忙碌。院里不仅准备好了相关物品，还在第一时间内配备了心理专家，为每名患者配一名心理咨询师。该院精神卫生科杨红教授说，从患者进入医院开始，心理专家将全面陪同整个治疗过程，并对每名患者进行为期一年的心理健康跟踪。

不到8时，山医大一院再次召开紧急会议，最后一次部署接收获救工人的细节。9点，40名医护人员整装到火车站接站，60名青年志愿者等在医院里准备运送伤员。杜永成院长下了死命令：抢救工作一定要严谨周密，绝不能有一丝延误。

此时，公安交警部门也积极行动。太原市交警支队出动600名警力，其中开道警车12辆，确保迎泽大街、五一路、并州路等通往各大医院的交通干道畅通无阻。交警部门还为每家医院各分派了4名民警、2名特勤人员疏导院内、院门口交通，还指导三所定点医院对医院的停车位、停车秩序进行了合理规划。

6日上午11时许，省城接收60位工人转诊的一切工作准备就绪！

载着60位获救工人的“救”字头专列，从河津驶出，过稷山，到侯马后，掉头北上，驶上了同蒲线。同蒲线是我国一条著名铁路，在阎锡山时代规划修建，是连接山西南部的运城和北部的大同之间的交通要道，与汾河平行卧在了太行山和吕梁山之间。全长500多公里，途经运城、临汾、晋中、太原、忻州、朔州、大同七市。“救”字头专列在南同蒲线上匀速飞驰，车窗外麦田返绿，桃红柳绿，汾河水缓缓流淌。

初春三月，同蒲线两边、汾河两岸十分美丽。但车里的医护人员谁也没有心情去欣赏车窗外的景色。随车同行的张建欣副省长和卫生部尹力副部长神情凝重，认真看着专家们的诊断资料；医疗专家们坐在一起，磋商着每一个可能出现的意外；随车的医生们在车厢里巡诊，仔细观察着60位工人的变化；每位工人跟前站着的护士仔细看体温表、心脉仪和输液瓶等，不敢有丝毫放松。

“救”字头专列在铁轨上咔哒咔哒前行，车上医护人员的心也随着60位获救人员的病情变化而起伏。这是多么漫长的4小时，这是多么令人紧张的4小时！他们感到从河津到太原从来没有像今天这么遥远过，时间从来没有像今天这么漫长过……

令人煎熬的4个多小时过去了，“救”字头专列在11时36分缓缓驶入太原站。

这比一般列车到达时间整整提前了1个小时。

此时，早已等候多时的铁路工作人员、武警人员、医护人员立即行动，拆卸列车窗户，小心地将伤员抬出车厢，护送上已安排好的救护车，一切显得很是紧张有序、训练有素。尹力副部长看到眼里，对井井有条的部署，给予了“谨慎、缜密”的评价。

11时47分，最先出站的5辆救护车，在开道警车的带领下，缓缓驶出太原站，驶向省人民医院。省人民医院距离火车站最近，不到10分钟车程。在警车护卫下，救护车很快到达。“亲人，你们到家了！”贴心的条幅挂在病区醒目位置。省人民医院的医护人员，身着整齐干净的白大褂，手捧鲜花，拉起条幅，欢迎20位获救工人的到来。

20辆救护车按次序排列，省人民医院的医护人员有序地将矿工转入病房。由于矿工们长期处在黑暗中，在进入病房前，每个人的眼睛上都蒙上一块白毛巾，避免眼睛受强烈光线刺激。当第4个矿工被抬出救护车后，他将自己的右手高高举起，向在场的每一个人挥手微笑，现场响起了一片掌声……

两个三人间、两个双人间，其余都是单人病房，并且配齐了日常生活用品，还有电视机。省人民医院为矿工们提供了院内最好的医疗环境。为了方便病人检查身体，医院还把超声仪、便携式X光机等医疗检测设备都放到病人床头，同时为每位病人配备了一台监护仪。之后，主治大夫一对一开始向患者询问病情、做常规检查，护士为他们洗手擦脸，根据营养师的建议，帮矿工们合理进食。一位来自福建的矿工说，真的像到了自己的家一样，觉得特别亲切。

12时7分，20位获救工人开始向山医大二院驶去。

这段车程比较远，要经过太原最繁华、最拥挤的迎泽大街和五一路。开道警车司机李斌发出了“201，山医大二院伤员开始登车！迅速管控路面交通！”的指令。很快，从建设路经迎泽大街到二院的门口进入了临时交通管制。在迎泽大街上，最左侧的两个行车道旁，全部设置了隔离墩，在每个人行横道路口，均有一名民警把守。从迎泽大街东端向西望去，管控路面范围内没有一辆车。但是，与管控范围内空荡荡的情形形成对比的是，路两侧心系矿工安危的市民组成了人墙。

12时13分，救护车驶过府东街口。在距离山医大二院约300米处，就看到门口有医护人员接应。12时14分，车队到达山医大二院门口。5辆救护车从由太原火车站出发，到全部进入医院仅用了7分钟时间。这是最短时间的生命通道，要在平常，在这个时间点上，从火车站到二院，在没有堵车的情况下，最快也要半个小时。

二院大院里，“矿工兄弟们，你们回家了！”的红色条幅挂在该院心胸科住院病区大厅显要位置。随着救护车呼啸而至，门诊楼前，100多名医护人员有条不紊地将患者运送至住院部六楼心胸外科病房。首名被送入ICU病房的获救矿工陶志刚被安置在6号病床，其余工人随后陆续被转运进病房。其中，15人进入重症监护病房，5名被安排在普通病房。量血压、测体温、进行心电监护……病房内，医护人员平静有序地进行着生命体征监测，“6号床血压偏低”“19号床生命体征平稳”……一个个信息不断被汇总到医疗救治组负责人那里。

在确保患者意识清晰、生命体征平稳后，护士们打来热水，开始为他们擦洗伤口、剪指甲。随后，根据主治医师的方案，患者开始接受血常规、肾功能等常规检查。常规检查结束后，专家们还对检查结果进行会诊。根据会诊情况，医疗组专家逐个对患者进行病情评价，并制订出个性化的治疗方案。考虑到获救工人有饥饿感，但胃肠道功能较差，医院特意配制了一些糖盐水，为他们补充体能，后又根据个体情况给他们吃流食。

此时，山医大一院也很忙碌。

20位工人一到达院里，救护车刚刚停稳，医护人员和保卫人员就忙碌起来。在医护人员的呵护下，20名获救工人被安全平稳地送入病区。随后，进行了一系列生命体征检查。紧接着，精神科主任医师张克让安排20名心理医师分赴所负责的病房开展工作。他说：“作为心理治疗师，我们做了充分准备，只要获救工人生命体征稳定后，我们就会对他们进行心理治疗。”

不到一个小时内，王家岭煤矿透水事故中的60名获救工人，全部抵达各定点医院接受治疗，尽管一些工人伴有头晕、乏力等症状，但大部分工人生命体征平稳。

60位获救工人安全转移到了省城医院，许多人的心放松了，绷紧的神经松弛了。但远在北京的卫生部领导还是放不下心。当天下午，就派出卫生部专家团赶赴山西，参与到王家岭煤矿事故的救治工作。专家团里有3位专家来自北京大学第一医院，是我国感染疾病科、感染管理科和肾内科权威专家。派出他们主要考虑的是矿工们在井下的时间很长，因此可能会患有腹泻等疾病，同时长时间忍饥挨饿可能造成肾脏损坏。随专家团同来的还有北京市提供的150箱药品：1000袋葡萄糖、1000袋糖盐注射液以及1000袋盐水，这些都是在救护病人时大量需要的药品。

省委书记张宝顺时刻关注着转移进程，从各个方面随时获得转诊现场情况，但他还是悬着一颗心，想亲自到医院里看一看转诊来的工人。当天下午，他来到省人民医院、山医大一院、山医大二院三家医院看望慰问转诊太原的获救工人，嘘寒问暖，听取治疗方案，鼓励获救工人好好养病。他看到工人们精神不错时，很是高兴。临行前，再次对医生们强调说，要全面贯彻落实胡锦涛总书记、温家宝总理的重要指示，全力以赴搞好转诊伤员的救治工作，全面落实救治方案，精心治疗，周到护理，细心沟通，确保治疗更科学、更有效，努力让获救工人早日康复、全面康复。

五、工友大救治

4月5日，115名被困工人安全升井后，生命救援的接力棒传到了医护人员手中，救治成为重中之重。翌日，60位获救工人转诊至省城3所综合实力最强的医院，救治进入关键时期。115位工人获救赢得世界赞誉，精心救治他们，保证不出现一例失误，让他们早日康复，是全体参战医护人员的最大心愿。

王家岭救援中的医疗大救治紧张有序地进行，忙碌了48个小时的医护人员不能休息，来不及休整，又马不停蹄投入了新的战斗。

100多年前，美国著名诗人朗费罗写给世界护理学创始人南丁格尔女士一首赞美诗："看，就在那愁闷的地方，我看到一位女士手持油灯，穿行在黯淡的微光中，轻盈地从一间房屋走进另一间房屋。像是在幸福的梦境之中，无言的受伤士兵慢慢地转过头去，亲吻着落在暗壁上的她的身影，那盏小小的油灯，射出了划时代的光芒。"

参与王家岭生命大救援的白衣天使们，在南丁格尔女士的指引下，又开始了紧张精心的治疗工作，用自己的行动践行着南丁格尔所倡导的精神。我们走进了每一家医院，深入到每一个病房，看到了医护人员救治病人的感人的一幕幕：

（1）一人一方案个性施治

从4月5日起，115名获救工友入住病房后，医院专家第一时间对他们的生命体征和基本情况做了全面检查，依据检查结果对其身体状况、营养状况和心理状况进行分析评估。由于工人们被困井下9天8夜，长期饥饿、在寒冷环境中待的时间太长，不少患者出现冻伤、肢体麻木等情况，许多人皮肤擦伤、头颅撞伤，多数人的电解质紊乱，体内微量元素发生改变，肾功能受到损伤，还有的肝脏功能异常……

在卫生部专家和救治指导小组专家们的指导下，河津、太原两地五家医院针对每个人的病情，实行“一人一方案”个性化治疗。每位患者由一位医生、一位护士、一位心理护理师组成救治小组，24小时进行监护。科主任对治疗方案严格把关，遇到疑难问题，则组织院内相关专家会诊，尽最大努力保证获救的115位被困工人尽快恢复，不发生一起例外事故。

（2）人性化的心理干预

4月7日，山西医科大学第一附属医院。“我现在想回家，再不去矿上了。我想着儿子没结婚，出来挣点钱。我现在头一直疼，我要是有啥后遗症，影响他们咋办。”邵云庆说着眼圈就红了，开始掉眼泪。45岁的邵云庆来自山东菏泽。心理咨询师吴绘美赶紧用毛巾给他擦泪：“你别多想，没问题的，不会有后遗症的。多跟其他病友聊聊天，心情好了，你很快就能好起来。”“感谢这里的医生护士，他们对我太好了！”邵云庆激动地说。

山医大一院，从4月6日下午起，治疗方案主要针对患者的生命体征监测以及营养的平衡。从4月7日开始，20名心理咨询师将重点进入“实战”阶段。每天上午8点，心理咨询师要对重点心理患者进行心理记录交接班，如果有个别病人的情绪有些反常，出现易怒、不愿说话等情况，要及时反馈给医护人员。

不仅山医大一院，其他两家医院，也及时对工人的心理状况进行了总体评估，采取人性化的心理干预，医院心理咨询师们对患者进行24小时陪同，采用听患者倾诉、放松安抚情绪、稳定化技术等治疗方案进行心理疏导，并将这种干预融入到日常治疗中，避免给患者造成任何心理负担。令人欣慰的是，经过治疗，多数患者的心理状态逐步好转。

（3）吃饭以克计算，营养补给慢慢来

被困井下9天9夜，长期饥饿，115位工人中有不少人的胃肠功能受到损害。入院后，他们如何饮食呢？吃什么呢？许多人很是关心。

在和医护人员交流中，我们得知，针对这个情况，医院坚持少食多餐，饮食从质到量逐步增加的原则，从流食、半流食慢慢过渡到好消化的软食，吃饭以克计算，坚持少吃多餐，每天进食6到7餐，每天摄入的营养都要精确计算，严格控制。

7日上午10时左右，我们在山西医科大学第一附属医院普通病房内采访到了感人的一幕：一名获救工人说："我饿了，该吃饭了，咋不给我吃呢？"营养师刘艳华说："你现在胃还不适应，要少吃多餐。"获救工人："一天吃的全是汤啊粥啊，就像哄小娃娃呢！"刘艳华摸着他的头说："你现在好好休养，再过两天想吃啥就吃啥啊！"获救工人："你把窗户再拉开点嘛，我还是怕黑。我想看电视了，咋把电视关了呢？"刘艳华："太亮了对你眼睛不好，电视也少看会儿，你得缓一下，休息一下眼睛。"

4月6日，山西铝厂职工医院首次给获救工人吃面条。吴双燕慢慢地把照顾的病人扶起来，一口一口、慢慢地喂着吃，只吃了一小碗，约有200克，病人还要吃，但双燕笑着说，这顿不行了，你们刚刚有了恢复，得慢慢慢来。病人还要，只好又给他加了些汤。

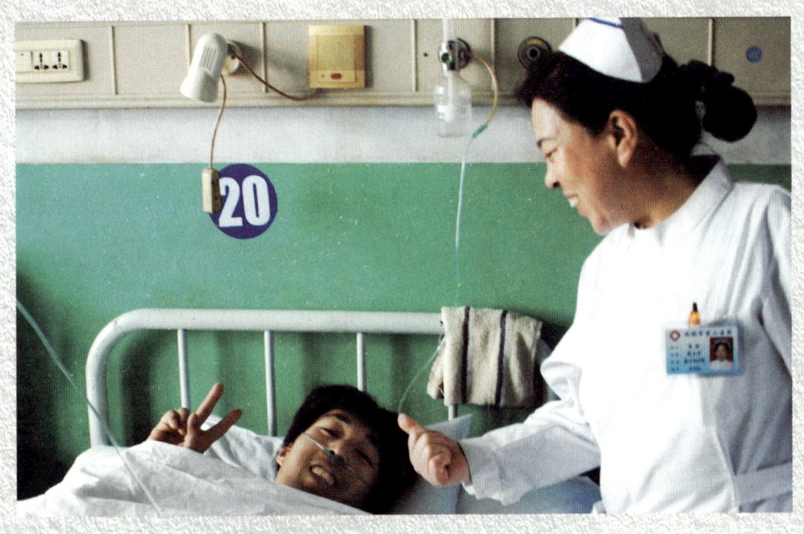

生命之花　灿烂再放

（4）像照顾亲人一样照顾获救工人

不是亲人，胜似亲人。115位工人获救入院以来，一对一的护理护士像亲人一样照顾他们。患者不能下床，洗头、洗脚、剪指甲，甚至喂水、喂饭，都由护士代劳，护士还为他们倒大小便。

河津市人民医院护士张芳讲述了一个感人故事。她说，4月5日，他们来时蒙着眼睛，神志有些不清，衣服上沾着煤，脸上身上有煤，全身冰冷。我们把他们抬上床，进行全方面检查后，看到他们的生命体征还是不错，但就是太脏了。我们打来热水，脱掉他们的脏衣服，清理全身。担心他们冷，用约40度、接近体温的热水，轻轻地从脸到脚把他们擦干净，还给他们洗了头，换上干净的病员服。看到他们嘴里满是煤，牙齿上也沾着煤，我用棉签蘸上盐水，小心地把嘴里的煤抠出来，用棉签把牙一颗一颗清理干净。

4月7日上午，获救40多个小时后，记者走进病房，看到所有获救人员脸上渐渐有了血色。40多岁的获救人员于建华不好意思地说："当时，感到身上很温暖，以为是家人给我擦洗身体，没想到是素不相识的护士，实在感谢。说真的，没有党的关心，我们真得不到这么好的救治！"对此，张芳却说，这些工人太顽强了，从接收第一名获救工人到现在，我一直处于兴奋状态。看到他们比刚上来时好多了，再累也值得。

从4月5日起，王家岭矿透水事故中获救的115名矿工都得到了及时、精心的救治，大部分矿工生命体征平稳。短短四五天时间，井下经历8天8夜生死考验的115名获救工人，伤病情稳定,开始好转，有的脸上已出现了红润的光泽，有的已经能自己喝米汤,有的能半躺着拿手机给家里报平安,有的能下床在护士的搀扶下练习走路……尽管如此，专家治疗组副组长、山西医科大学第一附属医院副院长刘强说，虽然目前的救治取得一定成效，但还不能掉以轻心。因为被困人员在井下顽强生存了至少8天8夜，体质虚弱，脱水、营养不良，而且不排除一些病例有变化、加重的可能。

几天来，在抢险救援人员和医护人员的精心救治下，他们终于挣脱了死神的枷锁，从死亡边上走了回来，每个伤员的整体生命体征相对平稳，病情相对稳定，正

4月16日，山医大二院，获救人员康复出院。

逐渐好转起来……

卫生部派来山西参加救治的浙江医院ICU主任龚仕金，对太原收治的60名矿难重症伤员进行了一一诊治。他高兴地说，这些矿难伤员在井下待了几天几夜，断水断粮，身体严重透支，营养严重不良。所幸，经过及时抢救，目前这些伤员生命体征稳定，已经度过了危险期。

10日晚上，省卫生厅厅长高国顺也向各家媒体宣布：截至目前，王家岭煤矿透水事故中获救的115名工人，经过各大医院的积极治疗和精心护理，总体情况不错，病情稳定，已没有生命危险。高国顺宣布这一消息时，带着莫大的欢喜和兴奋。

115位工人获救转危为安，世界为之惊叹，国人为之喜悦，所有参加救援的人员喜极而泣……

看到他们从井下抬出，我们无比激动；

看到他们露出了微笑，我们心里踏实；

看到他们脸色红润了，我们欣喜万分；

看到他们和亲人相拥，我们陪着落泪；

……

第七封邮件
后勤保障——抢险救援的第二战场

一方有难，八方支援。在社会主义大家庭，人间处处充满着无疆大爱。爱心聚焦王家岭，8天8夜的生死援救，115 名被困工友的成功获救，创造奇迹的功劳簿上，不仅要记住抢险一线的救援人员，也应该记住默默地为他们做好保障的人们。

为保证与时间赛跑的大救援，电力、通讯、公安、交警以及临汾、运城的社会

各界，全力保障王家岭上3000人的抢救队伍，保障生命通道的畅通。

事故发生后，运城市、临汾市领导靠前指挥。临汾市委、市政府快速反应。临汾市委书记谢海、市长罗清宇带领市委、市政府有关领导，第一时间赶赴事故现场，要求临汾市、乡宁县立即调动当地人力、物力，全力帮助抢险救援工作。就近的乡宁县、河津市领导，在第一时间赶到现场，立即成立了以乡宁县县长郝忠祥为组长，乡宁县副县长钱文亮、河津市副市长马振河为副组长的当地政府协调组，全力支持抢险救援。

乡宁县委书记杨安虎、县长郝忠祥亲自挂帅，县四大班子有关领导参与，成立了善后处理组、医疗防疫组、后勤保障组、环境水质监测组、安全保卫组，第一时间调动县矿山救护大队以最快的速度赶赴现场，增援救援；调动移动、联通两台通讯车，保障事故现场信号联络，抽调警力260人，配合市交警维护现场和沿路交通秩序。环保、卫生人员坚持每天两次水质监测、化验，为指挥部决策提供依据。防疫人员每天两次对抢险现场进行消毒。相邻的西坡镇、枣岭乡党委、政府领导坚守现场，提供服务。附近的毛则渠煤矿、弘强焦化厂等全力保障现场抢险人员食宿。电力、疾控、气象等部门人员也全力为抢险提供相关服务。

事故现场需要排水，山下是老百姓的麦田，河津市樊村镇党委书记贺红林前去跟当地村民们协商。一个村民说：没问题，只要水能过来，人能救出来，地漫了也没事。

樊村镇固镇村是王家岭煤矿所在地。事故发生后，王家岭煤矿所有的基建企业都去参加抢险救援。固镇村干部便发动了100多名民兵，昼夜在王家岭煤矿的配套电厂、选煤厂、焦化厂等所有在建工地巡逻，保证了工地安全。

樊村镇西卫村党支部、村委会组织民兵连，共出动30多人，全力配合，在进山口给救援队伍领路。

电力供应是否稳定，负荷能否保证井下不断增加的水泵正常排水，成为此次抢险救援的关键，关系被困工友的安危。第一时间，省电力公司、地方电力公司和临汾、运城电力公司领导赶赴现场，立即启动一级应急预案：对本次透水抢险和被救工人的定点医院的主供线路进行全面特巡。河津、乡宁局域网实行驻站盯守和沿线蹲守方式，共上百人对所有变电站和供电线路进行值守和巡视，确保无一差错。

一、守护电力生命线

在这场举世关注的井下大救援行动中，山西电力公司员工在国家电网公司的统一部署下，与负责该地区供电的山西国际电力有限公司乡宁供电公司员工一道并肩作战，为抢险救援顺利进行提供了强有力的供电保证。

1. 责任的力量，让电力员工冲在救援的最前沿

尽管王家岭煤矿所在地不是山西公司供电区域，但在这场与时间赛跑的大救援中，山西公司冲在了最前沿。

“喂！我是乡宁供电公司，王家岭煤矿发生透水事故……”3月28日17时50分，正在值班的临汾供电分公司调度中心主任宋良玉接到事故电话，立即向上级汇报。在10分钟内，山西电力公司自上而下启动应急预案，临汾供电分公司为抢险主体，运城供电分公司提供后勤服务，200余人的抢险队伍迅速集结到位，并且于两个小时后赶到救援现场。

在救援现场，山西电力公司以最快的速度与山西国际电力有限公司乡宁供电公司以及华晋焦煤有限公司取得联系，详细了解供电负荷、供电方式，仔细查找现场可能存在的供电隐患，根据排水要求制订切实可行的保电方案。各级人员以最快的速度接受任务，迅速到岗，显示出高度的责任心和强大的执行力。

——得知153名工人被困井下，山西电力公司于3月28日21时20分以要事专报形式将情况上报国家电网公司。公司领导立即作出批示，要求全力救援。山西电力公司负责人迅速从太原赶往现场。在车辆无法继续前行的情况下，他们步行5公里，于3月29日凌晨1时向指挥部报到，2时参加由张德江副总理主持召开的救援协调会，了解山西省委、省政府关于救援的工作安排，3时主持召开保电工作部署会议，详细研究现场的电力保障方案。

——3月29日4时30分，接到绘制“3·28供电责任分解表”、“3·28供电保障网络图”和编制《3·28主网应急救援工作手册》任务后，临汾供电分公司卢永平、赵云峰、张勇等人连夜赶到乡宁电力公司开展工作，3个半小时后，3份内容翔实、数据准确、格式规范的高质量图册印制完毕，交到抢险救援指挥部，受到现场总指挥、山西省副省长陈川平的充分肯定。陈川平要求山西电力公司工作细致到位，做好保电工作，守护住救援的生命线。

——为加强相关线路和周围变电站的安全管理，运城、临汾两家分公司立即进入实战状态，派人不间断巡视和连续蹲守。3月28日当晚，河津境内所有变电站全部恢复有人值班，5座变电站实行双岗值守和监控。

——随着水泵安装台数的增加，现场排水用电负荷不断攀高。为满足突发状况下的电力供应，3月31日16时，山西公司通知运城供电分公司增派一辆500千瓦发电车，杨敬稳、王国强、张彪三人来不及收拾行李，在检查发电车设施后就匆匆赶到了现场。

山西国际电力有限公司乡宁电力公司员工郭小勇说："我们从来没有经历过如此重大的保电工作，是国家电网山西公司的及时帮助、指导和支持，让我们增强了打赢这场硬仗的信心。"

"报告，设备检查一切正常，线路特巡一切正常，变电值班一切正常。"

从3月29日8时开始，每隔两个小时，保电指挥部都会收到这样的汇报。

"这只是外围的工作，更多更难更为复杂的是落实现场内的保电措施。"临汾供电分公司营销副经理王尚斌介绍说，因为现场属于基建矿，很多设施都是临时用电，安装很不规范，加之客户不在临汾供电分公司供区，很难掌握真实的用电情况。要做到保电万无一失，必须按照"三思三晋"的方式工作。

王尚斌所说的"三思三晋"，是指居安思危、履职思成、观念思新，晋级、晋段、晋升，这是山西电力公司提出的工作方式和目标。其中的"居安思危"重在强调提高责任意识，重视风险防范，这是山西电力公司基于全省高危客户比较密集这一实际作出的科学决策，也是培养员工严谨细致作风、巩固发展基础的重要举措。

2. 在这次守护生命线行动中，山西电力公司员工牢固树立"安全是最大的责任"的意识得到淋漓尽致的发挥——

在每天做好两台应急发电车调试之余，临汾供电分公司徐和平、王飞、康敏等人还忙着帮助乡宁电力公司人员检查线路保护定值和运行方式，及时发现并纠正了定值偏小和10千伏柱上开关带保护问题。井下抽水工作开始后，用电负荷一路攀升，最高时达到6500千瓦，是平时用电的5倍，他们又建议乡宁电力公司增加两台备用变压器，进一步把电力保障工作做细做实。

临汾供电分公司吴万军等人负责抽水设备的供电安全，这是保电的关键，每上一台水泵都要仔细计算其用电量大小，制订运行方案，否则很容易影响抽水进度。3月29日中午，当得知新运来3台800千瓦电机时，他顾不上吃饭，冲到吊车前就查看铭牌上的技术参数。当发现铭牌上没有标注启动电流、启动时间两项参数时，他又马上到救援指挥部向有关人员了解，为提前做好供电方案赢得了主动。

距离现场36公里的河津市既是救援指挥部人员、中外记者、被困人员家属的重要接纳地，又是被救井下工人医疗救助的主战场，保电工作异常艰巨。运城供电分公司成立救援保电区域保电工作领导小组，优化保电预案，提升河津市各大医院保电级别，全力打造第二生命保障线。该公司一方面对向医院供电的线路加强特巡，对相关设备进行全面检查，另一方面在现场备齐抢修所需的备品配件，安排应急抢修队员在现场24小时待命。清明节小长假，河津供电支公司300名干部员工不休息、不放假，做到政令畅通，时刻保持临战状态。

4月4日14时，正在巡视线路的李晓军接到报告，110千伏壶台线44～49号杆、220千伏壶新线34～35号杆附近燃起山火，火势迅速蔓延，距离两线路不到400米。李晓军立即带领16名特巡人员携带铁锹、车载灭火器赶到现场，经过20分钟的激战将大火扑灭，保住了生命线的安全畅通。国家安监局局长骆琳、国家煤炭安监局局长王树鹤、山西省副省长陈川平对此给予高度评价。骆琳请现场保电负责人转达对国家电网公司刘振亚总经理的问候，表示国家电网公司的队伍是一支能征善战的队伍，并向电网员工表示感谢。华晋煤焦有限责任公司董事长更是多次激动地说，所有的工作国家电网公司都替他考虑了，真是感激不尽啊！

4月5日零时40分，当得知第一批9名被困者从井下解救出来时，驻守在发电车旁的保电指挥部全体人员喜极而泣。

从3月28日第一时间赶到现场，山西电力公司员工一面精心做好保电工作，一面关注着救援的进展情况，他们多么希望能早一点抽干井下水，救出被困者。许多人甚至连饭也不吃，觉也不睡，每天执著坚守，只盼着奇迹出现。

"这就是我们的员工，有责任，有真情，有爱心，能吃苦，能奉献，能担当。"清明节期间在现场值守的山西公司负责人这样评价。特别是在这次救援过程中，员工们的一言一行都饱含着浓浓真情，倾注着对生命的渴望与尊重。

感动一："绝不能在这个时候出差错，掉链子，给党抹黑，让群众失望。"说这话的是山西公司副总工程师张兴国。这位58岁的老党员从事发第二天到达现场担任保电总指挥，一直都坚守在救援一线。大家考虑他年纪大，工作辛苦，劝他注意休息，他却说，要在关键时刻履行好光荣使命，不辜负党和人民的信任。

感动二："老人和家里的事就交给你了，原谅我的不孝，也谢谢你支持我的工作。"4月1日，河津供电支公司办公室主任柴敬的岳父出车祸在医院抢救，他抽时间赶到医院匆匆看望了老人，给妻子留下这些话后又匆匆返回救援保电现场。自发生透水事故那一刻起，柴敬就担负起指挥部的后勤保障工作，每天忙前忙后顾不得回家。

感动三：运城供电分公司谢明贵、丁保凯、高卫东等20人负责15座变电站的巡检工作，他们每小时对站内设备进行一次全面巡查，每两小时对重点部位进行一次红外测温，并及时将巡视情况报告当班调度员，确保每座变电站的安全运行。宋朝华、刘介生、王晓剑于3月28日晚连夜出发巡检线路，为尽早救出被困工人兄弟，他们不顾山高路险，不顾荆棘扎破了手，不顾泥泞沾满了衣，在黑黝黝的大山里，仔细巡视每一级杆塔，不放过任何可疑部位。待20多公里线路、144个电气接点全部特巡完毕，个个眼睛都布满了血丝。

在这场彰显责任与大爱的救援行动中，山西电力公司累计出动人员1000余人，抢修车90多辆，发电车3辆，为救援现场安装大功率应急照明灯12盏，保电工作做到了万无一失。

除继续保证现场抢险供电外，山西电力公司又把保电重心移向运城的河津、稷山、盐湖等救护医院，保证抢险救援的第二战场——医院的电力安全可靠。这些天，运城供电分公司已安排600余人日夜不停加强巡视检查，特别对医院的用电设施提前进行安全排查，全力守护新的生命线。

二、通信保障：永不消逝的爱心信号

1. 山西移动：让信号满格！让信心同在！

3月28日17：40临汾移动公司接到山西乡宁县王家岭煤矿发生透水事故需要通信保障的通知。分公司李宏总经理立即安排成立了应急抢险组织机构，全力组织通信保障。与此同时，省移动公司高步文总经理、李贵桢副总经理电话部署通信保障方案；省公司网络部吕天飞总经理打电话，要求立即启动蓝色应急预案；尹君宇副总经理安排网管中心应急保障通信人员和车辆做好准备，根据实际需要随时支援临汾公司的应急通信保障工作。临汾分公司李宏总经理根据省公司领导的要求和了解到的现场情况对通信保障作了详细安排。一是确保抢险现场电话打得通、打得畅，第一时间保障指挥部通信畅通；二是同时采取各种应急措施，至少制订三种保障方案，卫星电话、直放站、维蜂窝、应急通信车、发电机、微波设备要全部到位；三是全面做好应急通信保障的后勤工作。

（1）险情发生 快速反应

为了争时间，抢速度，根据现场情况汇报，分公司按照应急通信专项保障预案，一方面，由分公司纪检书记张国飞、副总经理张晋建、工程建设部经理郝洪斌组成“3·28”透水事故现场通信保障领导组，率领技术骨干组成抢险队伍，赶赴现场组织通信保障；另一方面，紧急调动应急通信车分头迅速出发，第一时间赶往事故现场。

纪检书记张国飞在接到通知后，饭也顾不上吃，立即召集相关人员，安排车辆赶赴现场。张晋建副总经理家在太原，第二天省公司就要谈话调他到太原分公司工作，但他还是在接到通知后立即从太原赶赴抢险现场。

领导组在途中根据现场人员汇报情况制订了三套保障方案：一是安排维护人员杨文杰在覆盖抢险现场的窑嘴基站进行值守，确保窑嘴基站运行正常；安排维护人员陈刚从就近

大容量基站拆板扩容到窑嘴基站确保容量满足要求；同时要求监控人员实时监控该基站的运行和话务量情况，根据话务量情况开启半速率。二是由一队应急人员负责将省公司派来的应急通信保障车开赴现场，同时安排当地维护人员进行光缆的铺设工作，为通信车提供传输保障。三是正在乡宁进行景区通信保障的应急通信车调往抢险现场。

领导组还要求乡宁当地抢险人员到达现场测试网络信号，安排机房值班人员对覆盖矿区的通信设备运行情况进行观察。得到窑嘴基站有少量拥塞的汇报后，立即安排乡宁抢险人员进行设备扩容，将原基站2/2/2配置扩至8/4/8，并调整了两扇区天线，精确覆盖应急指挥部，同时开通半速率功能，可以满足7000余人的通信需求。

（2）迅速抢险 网络畅通

陡峭的山势，遍布的荆棘，崎岖的山路——由几十位移动员工组成的抢险队伍就是在这样的环境下开始抢险工作的。从临汾到通信保障地点有140公里，光山路就有110多公里，即便是在这样的条件下，各路应急队伍还是在最短的时间到达了救援现场。

为在最短时间内完成并开启通信保障设备，在通信保障指挥小组出发的同时就安排现场应急队伍进行光缆的铺设工作。抢险队员不顾山高路险，爬山坡，下沟底，齐心协力，克服重重困难铺设光缆，经过艰苦奋战，通信车仅用2个小时就开通，在抢险地话务量骤增的情况下保障了通信畅通，满足了抢险人员的通话需求。与此同时，通信保障领导组还安排调测了一套微波设备，一旦光缆中断可随时用微波及时替代，保障了突发情况下的通信需要。另外专门派出技术人员24小时轮班坚守现场，确保指挥部通信信号24小时畅通。

29日零时许，省通信管理局郝卫东处长及安黎东、范学军三人连夜到达抢险地，在听取了汇报后，实地查看了基站及应急通信车的运行情况。同时，郝卫东处长一行还为通信保障人员带来了方便面、矿泉水等食品，鼓励大家做好本次抢险通信保障。

（3）网络稳定，持续保障

3月29日早，临汾公司李宏总经理到达现场，详细询问了话务量、网络覆盖情况。在听取了工作人员汇报后，李总要求应急队伍要坚守阵地，随时注意应急设备的稳定运行。李总还十分关切地对通信车辆、人员休息、吃饭问题等进行了详细了解。要求通信保障小组的全体队员坚持24小时轮班坚守现场，每天至少三次对抢救现场的信号做地毯式测试，及时反馈信息；监控人员要每小时关注基站负荷与现场网络运行情况，确保抢险现场网络畅通。

应急保障过程中，乡宁县公司倾全力配合了临汾公司的通信保障，乡宁公司李海清经理每天都前往应急通信现场，当得知应急通信人员缺少一些生活用品后，立即安排人解决，并要求乡宁县公司全体网络人员尽最大努力配合做好本次的应急通信保障工作。

（4）厚民之生 善尽责任

2010年4月3日晚，临汾移动公司李宏总经理接到抢险指挥部电话，要求提供2号坑口通信保障，他当即安排通信保障人员对现场进行勘察，制订解决方案，并要求每半小时汇报一次工作进展情况。按照李总要求，应急人员立刻行动，克服重重困难，最终，在当地村民的带领下，经过40分钟抵达为被困矿工输送营养液和保证通风的2号坑口。

到达现场后，通信保障人员李国华在天黑山险的情况下，立即爬到半山腰进行地形勘察，最终确定用直放站方式提供通信需求，并安排发电人员和直放站设备人员赶往现场。由于2号坑口地势较低，不符合架直放站安装条件，李国华等人爬到沟顶选择合适地点。天太黑，通信保障人员只能借助应急灯的一点光在山沟上寻找合适地点。跑遍四周的山坡后，最终将直放站位置选在2号坑口对面的半山腰上。与此同时，发电人员陈刚等也在将发电设备运往指定地点的途中。一行人抬着重达150公斤的发电机在满是杂草和石头的山路上前行了1里多路，中间又遇到一个4米多高的陡峭山崖，他们只能冒险用绳子将发电机绑起来吊下去，运抵指定地点。

凌晨2点40分直放站开通，经测试，2号坑口通话质量清晰，并得到抢险指挥部领导的认可。通信人员这才在半山腰就地坐下来休息。凌晨，山上寒风刺骨，吹着工作人员满是汗水的身体，大家又冷又饿，但是看到能为救援工作贡献自己的一点力量时，大家感到非常欣慰。

李国华是2009年入职的新员工，虽然之前已经有过几次应急的经验，但这次事件紧，任务重，环境复杂，无疑是对专业能力、组织能力、心理素质，甚至体力的严峻考验。夜里温度降到了零下，他把车上的应急大衣让给维护人员，却全然不顾自己身单衣薄。在方案实施完毕后，他又第一时间测试了现场每个区域的信号情况，及时地作出优化调整，保证矿区的每一个角落都能正常通话。从进入现场到交班轮岗，整整30个小时没有合眼。

（5）保障通信，见证奇迹

4月5日凌晨，“出来了一个，又出来了一个”！救援现场传来了一阵阵的欢呼声、掌声。汇聚全国人民注视焦点的王家岭煤矿透水救援爱心接力，今天终于创造了生命的奇迹。男儿有泪不轻弹，但在应急车上已经连续工作一天两夜的通信保障人员樊海亮眼眶湿润了。“真的感觉像是自己的亲人出来了一样。”他如是说，“感觉一切的辛苦都得到了最好的回报。”矿工们在与死神抗争，救援人员在争分夺秒抢救生命，而我们移动人也在与时间赛跑。因为我们知道，多一格信号，就多一分希望；多一块载频，就多一点信心。

经过努力，整整8天8夜，矿区没有发生过一次话务拥塞，整个矿区没有一处无法正常拨打电话。王家岭煤矿救援现场信号满格、信心满格，希望也是满格！移动人也用自己的努力，用自己的拼搏完成了这个永不消逝的爱心信号的接力。

在此期间，省公司高步文总经理、李贵桢副总经理、省管局郝卫东处长不断打电话询问事故现场的通信保障情况，实时指导通信保障工作的调整情况，要求根据指挥部需要和现场情况及时调整网络资源配置，保障通信质量，满足话务需求。栾晓维副总经理亲自前往抢险现场视察指导通信保障工作，给通信保障人员送来了热水壶、水果等物品，并代表省公司对奋战在抢险前线的通信保障人员进行了亲切慰问。

截至目前，移动公司共出动通信保障人员71人次、车辆25辆次、油机6台、布放光缆4.6公里、出动应急通信车1辆、扩容载频22块，共累计投入抢险保障资金20余万元。

2. 山西联通：抢险救灾的幕后英雄

3月28日14时30分许，位于山西省乡宁县和河津市境内的王家岭矿发生透水事故，153人被困。

灾情就是命令！山西联通在第一时间就成立了以苏强总经理为组长，由省、临汾市、运城市、乡宁县、河津市三级分公司组成的通信应急保障组。立即启动了应急通信预案，调动技术骨干和应急通信设备，充分发挥全业务服务的综合优势，多途径确保矿区通信畅通。一时间，3台应急通信车、18台发电机、2部海事卫星通信车，载着60名通信抢险人员和相关物资的16辆应急通信保障车奔赴矿难现场……

王家岭煤矿地处偏僻，山西联通最近的接入机房与事发地也相距4公里，相隔两山一沟。省公司毅然决定兵分两路，快速开通，一路由固网通信抢险人员携带抢修设备徒步前往接入机房实施电路开通，另一路由移动通信抢险人员选取最佳信号覆盖地点。第一路人员在到达机房后不顾辛劳，立即展开光路开通、传输通路建立、设备调测等一系列工作；第二路人员将应急通信保障车停靠在距离现场指挥部最近的地点，紧锣密鼓地开展设备启动、调测工作。

架线、发电、熔接、安装、调测、拨测……一切都在有条不紊地进行。“应急通信车辆的设备调测完成”、“手机信号实现覆盖”、“8部抢险专用指挥电话开通”、“4M光缆电路架设完成”、“海事卫星电话系统调测完毕”，随着一声声简短有力的汇报，山西联通全面完成了矿难抢险现场通信保障的基础工作，为抢险现场搭建了一张集固话、手机、上网、海事卫星于一体的综合通信服务网络，为现场抢险指挥工作提供了有力的通信保障。

4月5日0时40分，随着第一批获救的9名矿工从井下被救出。山西联通又抽调人员对救治医院的通信进行了重点保障，在山西铝厂职工医院、河津市人民医院、河津市中心医院，山西联通的工作人员密切监测着固话、手机的话务量，及时进行疏导，防止出现话务量拥堵，确保信号满格、信道畅通。

在应急通信保障8天多的日子里，又值清明假期，山西联通的通信保障人员克服重重困难，坚守一线、连续作战，实施全天24小时不间断值守。为了减少现场指挥部的负担，相关日常生活物资都是自给自备。在救援现场，经常看到联通工作人员渴了喝些矿泉水，饿了吃些自带的干粮充饥，累了在车里打个盹，为了节约油料，他们坚持不开汽车暖风，夜晚的寒冷经常将他们冻醒。但是，山西联通人在看到指挥部通过通信系统有条不紊的指挥，创造了中国救援史上的奇迹；看到获救者能够满足“最想打电话告诉爸妈我还活着”、“我要见我家里人”的愿望；看到信息通过通信电路及时传递到千家万户时，他们忘记了架设电路时被山石划破伤口的疼痛，忘记了数日没好好休息的疲惫，他们的脸上露出了欣慰的笑容。

三、武警：无怨无悔保畅通

王家岭矿生命救援的每个现场总闪现着橄榄绿：井口，他们24小时维持秩序；获救人员送往医院，他们和交警一道保障道路畅通；获救人员在医院救治，他们在门口24小时执勤……他们就是来自武警山西总队临汾支队的官兵。

王家岭矿"3·28"透水事故发生后，武警山西总队主动向省委、省政府请缨，要求担负事故现场的执勤和救援任务。按照省委、省政府的指示，总队向临汾支队下达命令，总队参谋长李善勇带领有关人员赶赴现场。3月30日，临汾支队230余名官兵紧急开赴事故现场，担负抢险救援指挥部安全警戒、1号、2号坑口核心区警戒、整个事故区外围封控等任务。

为了153名被困人员，武警官兵在王家岭矿默默奉献着——

3月31日下午，天空下起了小雨，已经连续执勤一天一夜的战士田金刚感冒了，带队干部让他到宿营车上休息，但小田坚决不离开哨位。他说："能为救援工作出一份力，既是我的责任，更是我的光荣！"

临汾支队的袁伟，在部队出发前10分钟，还在医院陪护着临产的妻子，得知部队有任务后，他急匆匆地把爱人托付给岳母，在救援现场一待就是5天。

战士侯小波，由于爷爷病重，部队开赴现场前一天下午，他拿着队里的请假条到支队警务股请假。看到参谋们进进出出，才知道要参加救援任务，就悄悄把假条揣在兜里，返回部队做好了准备。

在救援现场的参战官兵里，还有180名尚未授衔的新兵，他们来自支队处突预备队的新兵训练大队。在接到战斗命令后，全体新兵纷纷写下"请战书"，积极要求"上一线、打头阵"，早日接受实战的历练。

十多个日夜里，官兵们住在宿营车和帐篷里，经受着风沙煤尘，执勤站岗一站就是十来个小时，但没有一个人叫苦叫累。总队参谋长李善勇说："为了生命通道畅通无阻，不管再苦再累，我们也无怨无悔！"

四、公安：坚决确保路通人和

王家岭矿"3·28"事故发生后，接到指令的河津市公安局立即组织50名民警迅速赶赴现场，配合乡宁县公安局维持现场秩序，并抽调精干力量，组成200余人的救援抢险突击队，随时准备投入救援抢险工作。同时积极做好道路疏通工作，保证救援物资的运输畅通。

“3·28”透水事故发生后，河津市公安局出动刑警、治安、禁毒、经侦、巡警、指挥中心、网监等单位共380名民警，坚持24小时值班备勤。针对事故险情多、难度大，影响了抢险速度，家属思想会由等待变为失望，情绪将由克制变为宣泄，随时可能引发闹事的现状，全局出动交警180人，主要对高速河津东口至乡宁交界，209国道通往运城段，市人民医院、市中心医院通住乡宁路段实行交通管理，确保道路畅通，保证抢险、救护车辆顺利通行。抽调刑警、巡警加大对城区社会面巡逻力度，力求各类案件少发、不发。整个抢险救援期间，全市未发生一起重特大刑事案件，为抢险救援创造了一个良好的社会环境。他们还对确定的市人民医院、市中心医院两个点，每点配备两名副职带队，40名警力，对出入通道、救护楼层及重症监护室，全部配齐了警力，24小时全员到岗，安保工作扎实。4月5日凌晨1时，传来令人振奋的消息，9名被困矿工获救，陈小杰副局长立即带领刑警大队待命民警迅速赶到市人民医院，为了保证获救矿工在第一时间顺利到达医院接受治疗，及时清理了各种障碍，疏通生命通道。在这之后连续36个多小时内，他们忘记了疲劳，忘记了吃饭，心里只有一个念头，就是保证生命通道畅通。用最快的速度协助医护人员将被救矿工送到专家手中，给获救人员创造一个安全放心的治疗环境。截止到4月5日下午18时，他们成功协助医院入住被困人员79人。

被困工人家属也需要有针对性的服务。该局千方百计地配合指挥部做好被困人员家属的疏散工作，坚持以人为本，体现人文关怀，善待每一位被困人员家属，热情、文明、周到服务，以情感人，以理服人，对省外、省内人员平等对待、一视同仁，尽最大努力做好迁转工作。全局抽调了200余名警力，主要配合对有要求迁转人员提供车辆、帮助带路及其他服务，共向曲沃、侯马、翼城、新绛、稷山安全迁转被困人员家属122户543人。4月6日凌晨4时，出动民警250人，交警150人，把60名重点伤病员安全送上专列转赴太原医治。自“3·28”事故发生，冯建昌副局长身先士卒，超前指挥，局二楼会议室成了他们临时的家，每天坚守岗位，统一指挥协调全局民警并多次深入一线，了解工作开展进度，完成任务情况，每天加班到凌晨一两点，感冒顾不上吃药，饿了吃口面包，渴了喝口矿泉水，短短10天之间，身上瘦了10多斤，这种扎实、细致、高效的工作作风，深受上级领导的好评。

在整个抢险救援期间，河津市公安局共出警力450余名7300余人次，广大民警坚守岗位，随时听从调遣，有的交警连续三天三夜吃住在路边，指挥中心、特警大队全体民警一方面担负着全市出警任务，同时又是这次抢险救援应急分队，他们全副武装随时待命，统一吃住在车上，坚守在待命岗位上，确保随时能拉得出，冲得上。

在王家岭山上，由临汾市各县公安局抽调的公安、交警，坚守在每一个路口，坚持在矿区，任由风吹雨打，岿然不动。尧都区公安分局副局长任忠，带领100名巡警队员，已经在坑口沿线值守了5天5夜了。他和大家都成了“黑人”，没有洗过一次脸，没有睡过一次囫囵觉，车上和执勤点“两点一线”就是他们全部的生活内容。他们在坑口被那些救援人员与时间赛跑和被救工友与生命抗争的感人场面所感动着，仍然坚持在自己的岗位，保持端正的警容和警纪。大家说，看到工友们能救出来，感觉非常高兴，自己再累也值得。

4月5日，当人们在电视转播中看到一幕幕令人动情的成功救援的现场。一个个被困工人获得重生，承载者一个个被困工人的救护车呼啸而过，驶入医院。此时，在从王家岭到医院的路上，密不透风的警察，组成一条生命通道，让生命畅通无阻。

运城、临汾的社会各界都给予极大的支持，力保救援顺利实施。两地不仅派出大量公安交警，派出救护车辆，腾出医院，还在生活保障方面全力帮助。据一名记者讲，5日中午他去事故现场采访，在山上一岔路口被交警拦住，原来是实行交通管制。就在他等待时，一辆一辆救护车从身边呼啸而过。虽然路口堵了很多车辆和行人，但是所有的人都没一丝怨言。救人是大事啊！从事故现场到河津市人民医院30多公里，必须保证"生命通道"一路畅通！

153名被困工人牵挂着无数群众的爱心。爱心，如洪流，从四面八方涌向王家岭；如热流，温暖着每一位救援人员的胸怀，抚平深困井下8天8夜的每一位被救工人的伤口。

五、20名女工连夜赶制204副眼罩

山西铝厂缝纫厂的20名残疾女工，连夜在4小时内赶制出204副眼罩，送到救援现场供获救工友升井后使用，让工友们的眼睛免受伤害。

4月2日晚上11时，王家岭矿抢险救援指挥部给山西铝厂打来紧急电话：救援急需大量眼罩。铝厂把任务分配给所属缝纫厂时已是深夜。这里，工人已回家休息，怎么办？支援救人是义不容辞的责任。厂里马上通知职工火速赶往厂里，连夜设计样品、加工制作。

由于眼罩是特殊的防护用品，厂里平时基本不生产。大多数职工还是第一次加工眼罩。深夜赶来的20名女工马上投入生产，尽管她们身有各类残疾，但干起活来一丝不苟，为了在最短时间内做好，设计、试样、生产同时展开。到3日凌晨3时许，204副防护眼罩全部做好，并紧急送到救援现场。参加生产的女工小刘说，当时啥也不想，就想用最好的材料、在最短的时间里做最好的眼罩。

六、150副楹联礼赞大救援

"三千员勇将，历重重困苦，我进来救你出去；八昼夜连轴，开道道通途，天无眼可人有情。"这是运城市楹联学会会员薛建科为王家岭矿"3·28"透水事故抢险救援创作的一副楹联，表达了他对大救援创造的生命奇迹的礼赞。

王家岭矿透水事故牵动着全国亿万人民的心。4月5日，运城市楹联学会获知115名工人平安升井后，立即通过河东楹联短信平台发出700多条短信，并用电话通知、会议安排等形式，组织河东楹联人围绕不抛弃、不放弃，创造了人类生命奇迹、科学救援奇迹、医疗救治奇迹的劳动者撰联赞颂。会员们连夜提笔，积极创

作，撰联近150副，讴歌了救援中“不放弃、不抛弃”的大爱情怀及拼搏精神，礼赞生命的顽强，表达了河东楹联人对此次紧急大救援的由衷敬意。

会员们创作的部分楹联还在河津宾馆、河津市人民医院等地展出，吸引了不少媒体和当地群众关注，媒体记者将楹联在新闻媒体上刊发，一些群众传抄楹联，他们说这代表了群众的意愿。

七、“爱心馒头暖人心”

矿工食堂要保证来自各地救援人员的饮食。救援最多时有约5000人吃饭，每天都是人不停锅不停地蒸馒头。一天蒸500公斤的面3600个馒头都不够吃。还有1.6万个馒头由乡宁县毛则渠煤炭有限公司、乡宁煤校、乡宁昌平大酒店等支援。刘武斌师傅说，没有地方的支持，救援人员的吃饭也是问题。

3月7日上午，在河津市做屠宰生意的王小龙开着车，拉着1000多公斤刚杀下的猪肉，走了40公里山路，送到了王家岭救援现场。老王把肉卸下放在了矿工食堂，对接收肉的后勤保障组负责人说，这些肉给救援弟兄们改善伙食，补补体力，救援人员太辛苦了。矿上要给他肉钱时，他摆摆手说：“这个钱不能要，我没能亲自参与救援，只能送点肉表达表达心意。”老王的妻子孙亚莉说，得知115名工人被救上来时，全家特别高兴，商量说要犒劳一下参与救援的人，就想方设法联系上了救援组，想送他们10头猪，救援组说现在是大救援，猪来了不方便。我想也是，

就把10头猪杀成肉送给他们。

王家岭矿透水事故大救援牵动着人们的心，4月5日，全国总工会向王家岭矿透水事故救援指挥部捐款200万元。截止目前，山西省西山煤电集团投入救援500余人，捐款400余万元，汾西煤电投入救援1180余人，捐款900余万元，霍州煤电投入救援621人，捐款750余万元，山西省各集团、机关投入救援2386人，捐款达2050余万元。此外，中国石油山西销售公司委托临汾分公司捐赠柴油100吨，分公司总经理亲自押车送油到打钻工作点。临汾“实打实”门市部捐赠照明材料60套，并派人现场安装。捐赠食品、矿泉水、救灾帐篷等物资的单位还有山西省军区、太钢集团、山西虹鼎矿业集团、乡宁煤运公司等。陕西的一对夫妻还专程送来万元慰问金。来自社会各界的无偿支援和帮助也是“实打实”的。抢险救援指挥部里留下了“400袋榨菜、16箱火腿肠”的记录。人们送来的物品，既有水果、面包、方便面、矿泉水，也有帐篷、柴油和排水管道。

4月2日，救援指挥部来了一位身材魁梧的老人，他掏出两万元要求捐赠。老人叫高润泽，今年75岁了，是专门从山东淄博赶来的。他说，自己就是1949年8月在震惊全国的“车七透水事件”中31名获救的矿工之一。

1949年8月1日，山东淄川矿区的洪山煤矿车七井发生一起重大的恶性透水事故，除60名煤矿工人迅即脱险外，有240名矿工被困井下。事件发生后，在党和政府的领导下，经过15天的抢险排水，有31名矿工被救脱险，有211名矿工遇难。

漆黑的矿井下，饥寒交迫的痛苦，啃树皮、喝黑水，艰难的等待，需要的是活着的信念来支撑生命。老人说，深知工友们在井下艰难等待的滋味，相信在党的坚强领导下，被困井下的工友一定会获得重生的。

王家岭“3·28”抢险救援行动深深激发着志愿者的爱心。在这里，活跃着一群来自天南海北的志愿者，有“钉鞋匠”张明、“感动中国矿工”宋卫国、安徽志愿者王利、“实打实”的志愿者张华杰等，他们成为这次抢险救援最抢镜头的救援者。

“钉鞋匠”的支援

带着一部简易的钉鞋机，52岁的张明只身来到了王家岭救援现场。在指挥部旁边的空地上，张明摆起了修鞋摊，他说：“从阳泉赶过来就是想为救援贡献一点力量，为救援队的后勤保障做一些细微的服务工作。”他4月6日早晨从阳泉坐汽车

出发，来的时候就带着自己的钉鞋机和一些修补雨鞋的工具、材料。7号早晨租车从河津市赶到王家岭煤矿现场。作为一名自费前来的志愿者，此行的全部费用都需要自己负担，而对于一个平时只能依靠钉鞋为生的老人来说，这需要花去他一个月的收入。热心志愿工作的他，在此前的汶川大地震时也曾自费去灾区，为那里的救援队伍提供义务后勤服务。做实事的张师傅受到现场人们欢迎，几个在抢险过程中刚破衣服的队员，找到他救急，张师傅还客串裁缝，给他们结结实实补好了。那几天，张明的“义务修鞋点”一直处于忙碌中。

从老张装满奖状的“荣誉袋”里了解到，汶川大地震发生后，他先后两次到灾区义务钉鞋，被山西省委、省政府授予“山西援川抗震救灾先进个人”。这次志愿者经历让他戴上了“中国志愿者”的标志，成为名副其实的志愿者。

“感动中国矿工”宋卫国

在王家岭救援现场，还有一个带着“中国志愿者”胸牌的青年志愿者，他叫宋卫国，是潞安矿务局的安全宣传员。

这次来到王家岭时，宋卫国和单位请了假，以个人志愿者的身份前来服务。3月31日，宋卫国就从长治赶到了王家岭，背着挎包的他不仅带来了简单的救援工具，还带着他自编自印的安全小册子。这些册子上都是一些安全谚语和安全常识，对工人们规范操作有一定的提醒作用。

作为一名20世纪90年代初就参加志愿服务的资深志愿者，宋卫国凭借着自己煤矿安全的专业知识，亲历过上百起矿难事故救援，熟悉各种救援常识。由于人手短缺，宋卫国到达王家岭以后，一直都在井口帮忙，有时候帮工人们绑一绑钢管上的铁丝，有时候提醒工人们井下矿车的连接点必须上连接销。

4月2日，就在井下排水工作最紧张的时刻，宋卫国负责看护排水管道，防止出现水泵空转、不出水的现象。在现场，除了胸前的一枚“中国志愿者”的徽章，穿着工作服、戴着安全帽的宋卫国看上去与其他工人没有任何区别。宋卫国一直都

在井口帮忙，帮疲惫的抢险队员拉电缆，帮工人们绑铁丝，忙碌之余，与矿工一起探讨井下的安全知识。

据悉，作为中国第一位安全生产志愿者，宋卫国熟悉各种救援常识，16年如一日，倾尽自己所有的积蓄，行程10万里，走遍了中国200多个重特大事故现场，义务宣传煤矿安全生产专业知识，他将此视为自己的责任。

“实打实”的志愿者

临汾“实打实”电工材料批发部29岁的小伙子张华杰，不仅将自己店中16 000余元的物资捐赠给抢险救灾指挥部，还在自己的安全帽上印上“实打实义务电工”的字样，志愿协助救援人员进行临时电路的维护和排查10个昼夜。他说：“无论结果如何，我都会坚守到最后一刻！”正是因为有着这样的信念，对王家岭当地白天热、夜里冷的气候严重不适应的张华杰，即使感冒发烧、嗓子红肿，却始终选择坚守到最后一刻，“实打实”地实践志愿精神。国家安监总局局长骆琳4月6日在听说张华杰的事迹后，对张华杰表示感谢，并当场表示应该向张华杰学习。

八旬老翁骑车看望救援队

“救援队的英雄们，辛苦了！”昨日，一位满头银发的老师傅推着自行车来到王家岭煤矿救援现场，送上了几副红对联：党中央和矿工心连心，救援队恩情比海深……

老师傅叫贺元家，今年82岁，山西省河津市人。贺元家老人说，自己家距离矿区有40公里路程，他早上8点多出门，由于地处山区花了5个多小时才到达现场。

送完对联后，工作人员留老人吃个便餐时，老人说自己带有干粮和水，不给抢险救人添麻烦，说完推着自行车离开了。

每一份爱心，都是一份闪闪发光的真情，都是一份人间大爱构成的爱心蛋糕，甜蜜着每一个抢险救援人员，甜蜜着115名被救者。爱心蛋糕，燃起一个个蜡烛，祝福115名被救工人早日康复，早日与家人团结。

第八封邮件
来自媒体和社会的回声

4月5日凌晨起，王家岭矿115名工人被困9天8夜之后，陆续安全升井，重新点燃生命的希望。这一刻，世界为之欢呼鼓舞，热烈的掌声经久不息。这是中国救援史上的奇迹！这是感天动地的生命礼赞！我们收到了国际媒体、国内媒体、知名人士和网友的高度赞扬，现摘编如下：

国外媒体评论

美国《纽约时报》

《纽约时报》刊登长篇报道说，一开始，王家岭煤矿透水事故似乎将像其他的矿难一样以悲剧结束：营救失败，亲人悲痛欲绝，生还者寥寥无几。但救援人员经过一周多的奋战，成功营救了１１５名受困工人。该报认为，在充满危险的煤炭采掘业中，无论按照何种标准，这都是一个“奇迹”。

美国《华盛顿邮报》

报道援引中国政府外籍煤炭安全顾问大卫·费克特的话说，这或许是世界矿业史上最令人称奇的营救行动之一。

美国有线电视新闻网 CNN

以中国煤矿救援的奇迹（ *Miracle mine rescue in China* ）为题，在显著位置用视频详细报道了这次救援行动，同时还刊登长篇文章，客观报道了遇险矿工获救的经过。

美国《华尔街日报》网站

报道了美国专家对这次中国煤矿救援行动的评价，报道称，美国矿山救援协会（U.S. Mine Rescue Association）的财务处长麦科奇（Rob McGee）说，中国此次矿难救援工作非常了不起。

美国《时代》周刊“中矿工获救”居世界十大奇迹之首

在井下被困8天后，他们终于获救了。3月28日，这些矿工在挖掘新矿道时不慎将一条充满水的旧矿道掘穿，汹涌而至的洪水一下子将这153名工人困在地下。在救援人员接连奋战了几个昼夜无果后，外界的人们以为这些矿工能生存下来的希望愈发渺茫。4月2日，矿工们通过敲击钻杆从地底深处向外界发出求救信号，这些微弱的声音证明他们还活着！救援人员迅速向矿井内投放了牛奶、葡萄糖，并对其进行言语鼓励；三天以后，救援人员乘坐皮筏进入矿井将115名幸存者救出，这些获救工人大多状态稳定。消息传出，神州大地一片欢腾，这种奇迹发生在拥有世界煤矿业死亡率之最的中国殊为不易。

法国《费加罗报》

6日刊登文章《王家岭的奇迹：１１５名工人生还》。文章说，在发生透水事故的王家岭煤矿，１１５名被困达8天的工人昨日生还，其中大多数人状况稳定。文章说，３０００多救援人员行动起来，他们竭力抽水或打洞以向矿井深处提供氧气。正当寻找幸存者的希望越来越渺茫的时候，周五，人们听到管道里传出声音。而昨日，还剩下３８人等待救援。

英国《泰晤士报》、《卫报》等主要媒体在5日网络版的显著位置刊登长篇报道，分别为《数十名矿工获救 中国欢呼“奇迹”》、《中国矿工“奇迹”获救》，详细记叙了全力抢救王家岭煤矿被困矿工的过程、得救矿工的现状。报道援引守候在煤矿坑道口的国家安监总局局长骆琳的话说:“这是一个奇迹。”

俄罗斯国家“消息”电视台

5日在第一时间报道了中国成功救出受困人员的消息，并称之为“神奇营救”。报道说，在工人被困井下一周后，还能营救出如此多的人员，无疑是个奇迹。“每成功救出一名工人，都让现场的救援人员激动不已”。

俄罗斯“哈卡斯”独立通讯社

除了“奇迹”，没有其他词语能够形容这次营救行动。报道还说，几乎所有的中国人都在关注此次救援行动，最后能救出这么多人让无数的中国人感到振奋。

国内媒体评论

新华社长篇通讯:《不离不弃，书写中国救援史上的奇迹》

这是一个令人激动的生命时刻：5日零时30分，王家岭煤矿被困达8天8夜的首个工人，从数百米的井下被救出，现场顿时掌声雷动，泪水在人们的脸上纵横。

……

8天8夜的生死救援，8天8夜的不舍不弃。在中央领导的深情关怀下，各相关部门通力协作，3000多救援大军顽强拼搏，全力以赴，绝不放弃，夺取一场与时间赛跑，与死神抗争的重大胜利，书写出中国救援史上的奇迹。

新华社长篇通讯《为了生命的呼唤——王家岭矿“3·28”透水事故救援全纪录》

集结——不同的地方朝着同一个方向，王家岭！不同的人群怀着同一个信念，为了153个矿工兄弟的生命！

抢救——与时间赛跑，与死神抗争。抢险救援艰难推进，绝不抛弃！被困矿工努力自救，绝不放弃！

希望——“生命之孔”传递着对生命呼唤的回声。

奇迹——共同的坚持，从死神手中夺回115条生命。

坚守——我们相信他们仍然活着。

透水事故的发生，以及生命大救援的十多个日日夜夜见证：一段惨痛的记忆，将化做沉重的警钟；一个个生命的奇迹，一声声不离不弃的生命呼唤，还有那血脉相连、共度危难的民族大义与人间大爱，将凝成人们继续前行的力量。

那逝去的生命，那悲壮的一幕，那感天动地的精神，我们永不忘记！

新华社发表评论：《不抛弃不放弃见证生命奇迹》

这是一个以人为本的国家挽救生命的铮铮誓言和如铁信念，奇迹的发生，更离不开科学施救和有力组织，抢险还在进行，希望仍在延续。我们期盼着，让吕梁山深处的春日继续见证生命的奇迹!

《人民时评》连发三篇：《奇迹源自坚韧不拔和争分夺秒》、《见证奇迹的我们更要倍加敬畏生命》、《王家岭 不放弃就可能创造奇迹》。

新华《每日电讯》发表评论：《王家岭之后，更须时时处处尊重每个生命》

认为事故救援创造了奇迹，同时指出“在王家岭奇迹之后，希望在我们国家，在每一寸国土上，对每一个生命的热爱与尊重都始终如一”。

央视《焦点访谈》

今天，中国煤矿救援史上的奇迹诞生在山西的王家岭。

《解放军报》7日发表评论：《王家岭救援奇迹的背后》

井下被困矿工的坚强与坚韧，是奇迹发生的前提。这次救援史上的奇迹，更见证了以人为本的执政理念。奇迹的背后，我们还看到了全国人民的支持和社会主义的大协作精神。

《山西日报》发表评论：《无边大爱 生命礼赞》

上世纪60年代，《为了61个阶级兄弟》的故事就发生在山西平陆。今天的王家岭，为了153名工人兄弟，同样倾注了祖国和人民的无限爱心。这些伟大的生命奇迹，惊心动魄的救援奇迹，源于我们对生命的尊重，彰显了国家的大爱与责任，诠释着社会主义大家庭的和谐与温暖。

《中国青年报》:《王家岭的生命奇迹凭什么可以期待》

这些天来，全国公众都看到，王家岭事故发生之后，举国对王家岭高度关切，正是对生命的看重，让奇迹发生成为可能。人们有理由期待，更多矿工能成功升井。尽管，事后营救较之事前防范不足道，但我仍然认为，不惜一切代价抢救受困人员、有效科学地组织抢救，值得肯定。

《西安日报》

5日，零时30分左右，王家岭煤矿透水事故第一名受困人员被4名救援人员平稳地抬出矿井口，现场上千名群众欢声雷动。170多个小时的顽强坚持，3000多人的艰苦援救，亿万同胞的苦盼，在这一刻，在吕梁山深处的春夜里，世界再一次见证了“中国救援”的速度。

《京华时报》:《王家岭奇迹见证生命最高价值》

奇迹见证了“不抛弃、不放弃”的生命营救理念。正是这理念的坚守，让生命的等待救援展现了最高价值，让对生命的不懈营救展现了最高价值。这最高价值就是：人的生命高于一切。但愿王家岭奇迹，唤醒的不是安全事故责任者罪责的如释重负，而是把最高价值理念贯注为各个领域、各个岗位上的价值坚守和行为准则。

《扬子晚报》：记住王家岭生命奇迹的那些关键词

生命的伟大，生命的奇迹，生命的感动，让一切都黯然失色。人们不仅要为王家岭的生命奇迹而欢呼，而震撼，而感动，而鼓掌，而流泪，也更应该深刻体会到，任何时候，生产与发展都必须确立生命第一、安全第一的理念，让它融入每一个决策者、监管者和生产经营者的血液之中。这是科学发展的要义、民生和谐的诉求，更是敬畏生命的永恒底线。

人物评论

国家安监总局局长骆琳

王家岭煤矿抢险救援在中国事故抢险救援史上创造了两个奇迹，一个是被困工人的生命奇迹，一个是事故救援的奇迹。

山西省委书记张宝顺

在山西铝厂职工医院迎候生还被困人员说：这次创造了生命奇迹！

山西省长王君

王家岭矿“3·28”透水事故井下被困人员已有115人成功获救，这是生命的奇迹，被困人员经历8天8夜成功地活了下来，也是救援的奇迹。

网友评论

新华博客“承上启下”：王家岭煤矿事故矿工获救创奇迹！有4个没有想到：没有想到遇难矿工在被困近200个小时之后还能创下生命奇迹；没有想到救援工作能获得这样振奋人心的巨大成功；没有想到如此规模巨大的救援工作能组织得这样有条不紊效率惊人；没有想到党中央、国务院对王家岭煤矿事故救援工作这样高度重视。

新华网友“实话实说”：这次王家岭煤矿透水事故救援，在透水后的地下采矿点，被困工人能以顽强的精神自救和相互鼓励，度过了难熬的8天8夜，其在艰难环境下始终坚持生存、热爱生命的行动令人感动不已。到190多个小时，有的还能靠人搀扶着自己走出来，这需要多么顽强的毅力和多么坚强的意志。

腾讯网友“唯求淡泊”：电视直播里，现场解说员说，有的获救矿工听到周围的掌声，自己也鼓起了掌，这掌声既是对给予救援队付出艰辛努力的肯定，也是对自身生命力的赞扬；还有的矿工获救后，在病床上给自己的家人拨通电话，报一声平安，言语很短，可是，这其中包含了诸多日夜难以割舍的牵挂！

新浪网友“雪后重建”：越是草根生命的顽强越是超出一般人想象，在这种艰苦的绝境之下越能爆发出惊人的求生意志。看看他们的生活环境，看看他们的工作强度，工人老大哥真伟大，中国工人阶级真伟大！

搜狐网友“昵称密码”：奇迹的发生归功于被困矿工的顽强毅力。他们知道自己的亲人正在时刻牵挂他们。对亲人难以割舍的的牵挂，创造了生命的奇迹，他们拯救的不仅仅是自己的生命，还有一个个即将破碎的家庭。

网易山西运城网友“风雨苍桑”：

【清明】

——运城风雨沧桑

清明时节雨纷纷，身陷矿井欲断魂。
借问生路何处有？三千天兵下龙门！
齐心协力战洪水，众志成城将难摧。
永不言弃终得报，今救众生慰国人！

附录　新华社和山西日报社关于事故救援的通讯

为了生命的呼唤

——王家岭矿“3·28”透水事故救援全纪录

新华网北京4月11日电（记者 赵 承 陈忠华 宋振远 郑晓奕 朱立毅）

2010年，春天来得晚，王家岭坡上的山桃花迫不及待地绽放着自己。就在这野花缤纷的坡下，一场猝不及防的矿难，声声撕裂人心的呼唤，惊天动地，痛绝人寰。

春天目睹了这场灾难。在山西省乡宁县，由中煤集团一建公司施工的华晋焦煤公司王家岭矿发生透水事故，153人命悬一线。

春天见证了这场惊心动魄的生命接力。十多个日日夜夜里，无数人参与到救援之中，与时间赛跑，与死神抗争，牵动着亿万中国人的心。

不幸之中的万幸：115人经过抢救奇迹般生还，让多少人欢呼击掌、欣喜若狂。万幸之中的不幸：截至4月11日12时，33名工人遇难、5人被困井下，又让多少人扼腕落泪、悲痛哀伤。

如今，王家岭矿搜救工作已告一段落。但让人们挥之不去的，是那一声声对生命的呼唤。

灾变——透水，瞬间将153个鲜活的生命推向了死亡的边缘

3月28日，清晨。太阳暖暖地照在王家岭碟子沟的山坳里。

孟小兵像往常一样，起了个大早，推开窗户，一阵凉意扑了过来，他习惯地做了个深呼吸。

这是黄河岸边、吕梁山南麓一个不到一平方公里的山坳。地儿虽不大，下面却蕴藏着不菲的“黑金”。3年多前，新建的华晋焦煤公司王家岭煤矿在这里正式开

工建设。39岁的孟小兵就是那个时候来这里当掘进工的。

山里的春天虽然来得有些晚，但四周的山上岭上，一簇簇桃花、梨花、杏花，已随眼可见，红的像火，粉的似霞。

“快清明了，下周跟矿上请几天假，回家看看老婆孩子去。”望着窗外的山花，孟小兵思忖着……

8点来钟，吃过早饭，孟小兵和红旗队掘进班的其他5名工友领了矿灯和任务条疾步向坑口走去。

那是一个深度达640米的矿井。几个人全副武装乘坐人行车下到井底。下了车，上坡下坡，左转右行地往前走了600来米，孟小兵来到回风大巷工作面。

这是一个4米宽、5米多高的巷道，对这里的每一颗螺丝、每一根锚杆，孟小兵闭着眼都能摸到。像往常一样，他熟练地操起凿岩机开始向巷道深处掘进，轰隆隆的机器声立刻响起，一时间噪音和煤尘弥漫了整个巷道。

在繁忙的巷道里，没人察觉到一场灾难悄然而至。

10时30分，项目部副经理曹奎兴在20101工作面回风巷巷道右帮发现有少量出水。水很干净，用手蘸上点凑鼻子上闻闻，没什么味道。

这是什么水？是普通渗水，还是井下透水的前兆？

曹奎兴操起了电话。

1个小时之后，另一位项目部副经理被派到出水点，在周边的区域里，他共发现了5个这样的出水点。出水量很小，无压力，水质清澈。

11时50分，这个消息被反馈到井上，项目经理与正在现场的西安煤科院技术人员商量后推测：这是小构造出水，不会对施工生产构成威胁。

一个本来应该得到重视的重要细节，就这样被忽略了，也就没有按照规定及时撤人和采取有效应对措施。

就在人们以为一切平安无事的时候，灭顶之灾突然降临。

没过一会儿，井下那几个出水点的水量陡然增大。水很快从正在附近作业的工人的脚下漫到了腰间。

“不好，透水了，快跑啊！”有经验的工人马上意识到灾难降临了。巷道里，有人开始呼喊着奔跑起来。

孟小兵没动地方——他手里的机器噪音太大了。突然，机器停电了。看到巷道里的人们都在往井口跑，有人推了他一把：“还不快跑，晚了就没命了。”他这才发现脚下的水涨了起来，不远处，更高更猛的水流呼呼地卷着浪头涌了过来。

他撒腿就跑。

从回风巷开始，水势迅速向邻近的胶带巷，辅助运输巷的大巷、小巷里蔓延。昏暗的巷道里充满了恐慌，喊叫声、噼啪的踩水声以及哗哗的水流声混杂在狭长的空间里，水流追逐着人群一路奔涌，矿灯中的影子在巷道里一片散乱。

眼看着水追着赶着扑了过来，怎么办？孟小兵和十多个矿工一起拼命往巷道高处跑，但已经来不及了。

“弟兄们，快上锚杆！快上锚杆！”不知谁喊了一嗓子，孟小兵手脚并用迅速扒着巷道壁上的钢筋锚杆往上爬。霎时，身后的回风巷道就被淹没了。

孟小兵和十来名工友攀着锚杆爬到了巷道墙壁最顶处，不一会儿，水还是没过了他们的脚面、没过了膝盖，在他们的腰处停下了。十几双惊恐的眼睛，直勾勾地盯着这突如其来的齐腰深的水，大脑一片空白……

13时40分，井上。项目经理收到了北翼工作面被淹的消息。他扑到电话机前：“喂，喂，各队作业人员立即升井！”但为时已晚！出水巷道工作面的电话已经无法打通！

王家岭山坳里气氛骤变。

14时40分，总回风皮带巷出水基本没顶，已无法进入。

王家岭矿发生特大透水事故。除108人安全升井外，153人被困井下。初步分析，是掘进过程中导通老空区而引发透水事故。

井下，孟小兵双手攀着锚杆，像蝙蝠一样挂在巷道壁上，胳膊一会儿就酸了，腰以下的身体浸泡在水里，刺骨的凉。

“这可怎么办啊！能活着上去吗？”

“我的胳膊快没知觉了。”

“那也得坚持住！一定要活着。”

水越来越冷，空气有些稀薄，有个工友实在撑不住了，手一松，扑通一声，掉了下去，任凭壁上的人声嘶力竭地呼喊，也没有半点回声。

“这样不行，得想个法儿。”

孟小兵低头看见了自己身上的工装腰带。那是一种特制的下井皮带，厚厚的皮质，非常结实。他灵机一动，一手解开腰带，褪下一条裤腿，用那条裤腿把自己整个身体绑到了锚杆上，最后再用皮带加固。酸麻的双手终于解放了。

其他的工友也学着他的办法把自己绑在锚杆上。

终于可以放松一下了，心情也稍稍舒缓。尽管泪水在眼圈里打转，但他们相约，谁也不许哭。

“党和政府不会扔下我们的。等着吧！”

是的，时间的脚步滴答地走着，一场井上井下与死神争夺生命的较量开始了。

集结——不同的地方朝着同一个方向，王家岭！不同的人群怀着同一个信念，为了153个矿工兄弟的生命！

王家岭发生透水事故的消息，像风一样地迅速传向全国，震惊了大地。

中南海得到了消息。

胡锦涛总书记作出紧急批示，要求采取有力措施，千方百计抢救井下人员，严防发生次生事故。他同时要求，帮助安监总局负责同志尽快赶赴现场。

接到报告，温家宝总理立即作出指示，要求尽快摸清井下情况，加大排水力度。坚定信心，周密组织，千方百计，争分夺秒，全力以赴救人。

此后，中央领导还多次通过电话、电报、视频等，了解救援进展，并给予有力指导。

奔赴，以生命的名义奔赴现场。争夺，以生命的名义争夺时间。

是夜20时30分，一架飞机从北京西郊机场划过夜空——受胡锦涛总书记、温家宝总理委派，国务院副总理张德江带领安监、卫生、工会等部门主要负责人疾飞王家岭。

事故发生后，一路路救援队伍立即以急行军的速度从全国各地开向王家岭。

接报后，山西省委书记张宝顺、省长王君一边向王家岭赶，一边与各方联系：中央、省里、市里、矿上……途中，车里，电话不断，放下这个接那个，常常是一人同时接着四五个电话。

接报后，国家安监总局局长骆琳、国家煤监局局长赵铁锤匆匆地与山西方面通话，提出抢险救援要求后，率工作组火速赶往事故现场。

霍州煤电集团、汾西集团、西山煤电集团、潞安集团……10支救援队紧急驰援。

山西焦煤西铭矿掘进工人李俊贵，接到电话，穿上衣服就往门外跑，在门口，他回头看了一眼床上熟睡的儿子，小家伙还没有满月，不知道爸爸马上要加入救援的队伍。

西山煤电官地矿检修公司53岁的吉天旗，因糖尿病和高血压正在住院。他拔下输液的针头，抢上了驰援的汽车。他说："我要去救我的矿工兄弟们。"

当日17时，霍州煤电100余人的救援队伍，满载8卡车的水泵、管道、电缆、开关等救援物资来到王家岭，成为第一支到达的救援队伍。

他们随即投入抢险战斗：卸设备、下水泵、抬管子、铺电缆……一趟又一趟地往返在主副井两个25度、600多米的斜坡上。大家忘记了疲倦和饥饿，一心只想用自己的努力为井下的被困矿工兄弟争取更多的生存时间和机会。

事故发生5个小时后，汾西矿业的38名救护指战员赶到事故现场抢险救援……

预备役部队来了，武警部队来了，海军和省水利厅的潜水员来了……这一刻，无论是谁，大家只想全力以赴，他们的目标只有一个：拧成一股绳，把153位矿工兄弟从死神的手里夺回来！

那天晚上，王家岭山坳里，灯火亮如白昼，车流如织，人头攒动。

王家岭，这个平素不为人知的地方，此刻，成为全国人民心头最沉重的牵挂。

山西铝厂职工医院重症监护病房主任杜康全从28日开始就一直待命。他想，事故地点离这里最近，要是救出伤员，第一时间肯定得往这里送。医院里也早就忙开了，当天就派了救护车上矿去。

国家电网临汾供电分公司输电工区副主任郭立户在28日下午5点接到抢险指令，工区500多名职工全部出动，24小时不间断地看守520公里长的1500个基杆塔。

时间的脚步滴答地走着。更多的人马不停蹄地从四面八方赶来，有的甚至远在千里之外，一个共同的信念把他们聚在了一起：只要能多帮一把，被困的矿工兄弟就能早一天获救！

河南、陕西等省也根据要求，陆续派出救援力量。由于抽水的水泵严重不足，国家安全生产应急救援指挥中心紧急从河南调来蛙人和水泵,从中科院沈阳机械化研究所调来机器人。

当晚23时50分许，张德江一行抵达王家岭，代表党中央、国务院亲切慰问救援人员，并发出总的行动令：要把抢救井下被困人员工作放在第一位，抢时间，争速度，调动各种资源，尽快解救被困人员。

千方百计！全力以赴！

29日凌晨。在王家岭矿一间临时的简易房里，事故抢险救援指挥部成立了。指挥部下设抢救、医疗、宣传、善后处理等小组，副省长陈川平被任命为总指挥。

随后，指挥部定下三条救人决策：

——抽水救人，尽最大努力从各方调集抽水设备，以最快的速度安装，以最大能力排水。

——通风救人，要向井下强压通风，为井下被困人员提供生存支持。

——科学救人，成立专家组，科学评估，以最快的速度、最有效的办法进行抢救。同时，要防止瓦斯爆炸、塌方等次生事故。

在党中央、国务院果断有力的部署下，一场争分夺秒的生命争夺仗在王家岭打响了。抢救——与时间赛跑，与死神抗争。抢险救援艰难推进，绝不抛弃！被困矿工努力自救，绝不放弃！

29日上午，王家岭下起了小雨。

坑口外，山坡上，到处是人。冒着雨，王花蕊在人群中搜寻着，目光焦灼。

“看见孟小兵了吗？”“请问你认识孟小兵吗？”她逢人就问。

头天下午5点多，她接到弟弟的电话，知道丈夫出事了，就急着要赶到100多公里外的矿上去，可是夜路难行，亲人好说歹说，才拉住她。可这事让放学回家的大女儿在门外听到了，推门进来，哇的一声哭了。把女儿搂在怀里，王花蕊心乱如麻。

好不容易挨到天亮，雇了一辆面的，王花蕊和亲友直奔矿上。在矿上转遍了，没有丈夫的一丝信息。王花蕊的眼睛红了。

她哭着寻到宿舍，见床上扔着小兵上工前换下来的裤子，皮带还穿在裤腰上。睹物思人，王花蕊泪如泉涌。

看着窗外来来往往的救援队伍，远处轰鸣的水泵声不时地传来，一线希望在她心里升了起来。她擦干眼泪，选择了坚持，和其他家属一起等着亲人出来。她不断地安慰自己："小兵不会死的。"

雨还在淅淅沥沥地下着。矿区的救援工作在高速运转。

早排水一分钟，就能早一分钟下井救人！在保证24小时往井下压风、时时监测井下有害气体的同时，重中之重是排水排水 再排水！

在事故发生的最初时期，是用矿井上原有的两个小水泵抽水，但这无济于事，一边是抽水量小，一边是水还在从入水口涌进。

在事故抢险救援指挥部，那间不足30平方米的简易房里，到处贴满了王家岭巷道的各种图纸。指挥人员在急促地下达着各种指令。

事故发生不到24小时，指挥部从省内调来的水泵、水管也已到位。

他们以一种近乎不可能的速度在与时间赛跑。安装一个大型水泵，一般要一个月的时间。而在这里，只用一天。

他们以一种近乎奔跑的姿势抬着十几吨重的水泵、上千斤重的泵管，在25度的斜坡上往返奔走。

人们像钟表上一根根上紧的发条。但他们还恨不得能再快一点。再快一点，井下的矿工兄弟就多一分生命的希望。

到29日23时，雨差不多停了。霍州煤电负责的排水装备试运转。

30日凌晨2时15分，排水系统开始正常运行。这是从矿外调来的抢险队伍形成的第一个排水系统。

当混杂着煤灰的黑水顺着长长的管道喷涌到井外的那一瞬间，人们的眼睛一下子亮了起来。

救援队员脚下的水在后退！井下的孟小兵们已经听得见外面水泵的声音，嗡嗡地响着，身下的水位开始下降。

被困的矿工意识到："这是在救我们了，一定要坚持活下去！"

两天了，他们干渴难耐。眼前是汪汪的水潭，却混着煤渣，漂着油污，怎么下咽？但为了活命，他们喝下了，吐出来，再喝下。

他们饥肠辘辘。吃了些纸箱子碎片，就是井下用来装炸药的那种，很难下咽。

41岁的河南商丘籍工人毛中宽这时总想起打日本鬼子的杨靖宇，他不是靠吃树皮、棉花来维持生命的吗？只要吃下去，生命就能延长一点。

他们昏昏欲睡。身上的毛衣毛裤棉袄冰凉地贴在身上，冷水刺骨，一旦睡下，就怕再也醒不过来。大家就轮流值班，隔一段时间互相叫醒。

30日，事故发生“第3天”——3天是孟小兵估计的，没有手表，孟小兵只能靠睡觉时间的长短来估计时间了，比如睡的时间短，那是中午，时间长，就是晚上。

“第三天”，昏暗的矿道里，顺水漂来了5个矿车，这是被困3天来，最让几个人兴奋的事。

“跳上去，没准儿就能漂到井口了呢。”

9个工友分别跳上两辆矿车，登上“诺亚方舟”，终于摆脱了水浸之苦。

水面至巷道顶部只有三四十厘米，他们蜷缩在矿车上紧紧地抱在一起。

在另外一条大巷道辅助运输巷里，工人们也在寻找逃生的办法。在大水袭来的时候，30岁的山西晋城籍工人刘学军和工友们爬到了一处几十平方米、地势较高的平面上。随后，人越聚越多，大约六七十人。

而在相邻的皮带大巷里，工友们炸开了两个巷道间4米厚的密闭。大伙儿跑上去掏煤粉、刨煤块，巷壁上露出一个仅够一人钻的小洞。几十个人纷纷爬过来，会合后的他们一共106人。

看到这么多人，大家不害怕了：即便出不去，死也要死在一起！

有一位姓高的老工人，想了个办法，指导大家在地势高的地方用井架和网片搭了五六十厘米高的架子，能坐二三十人，如果水再涨，就爬上去。

井下水位在下降，刘学军和工友们尝试着用风筒做筏子。先用风筒布把风筒两端扎起来，然后把网片绑在风筒上，就做成了一个能漂浮在水上的筏子。有人还找来圆木，用钢筋和铁丝扎在一起，做成一个简易木筏。他们一共做了七八个，每个筏子能坐两个人。

等水位低下去的时候，有人坐着筏子用铁锹划着向外走，最远向前划了50多米，前面巷道漫到了顶部的水，又将他们逼了回来。他们打算等水位再下降时，分批坐木筏冲出去。

井下，工人在苦苦支撑；井上，救援在加快推进。

救援指挥部下令，必须尽快将排水能力提高到每小时2000立方米！那样才能在最短时间内将水排到可以下井施救的程度。救援指挥部紧急下令省内五大国有重点煤企各自“认领”排水管泵，限时完成。当问有没有困难时，那些已经满脸煤灰、胡子拉碴的董事长、总经理们，没一个含糊。

为加快排水进度，专家和技术人员及时提出了4种排水方案：一是往井上排水，二是在井下往无人的空巷里倒水，三是打水平钻孔泄水，四是从地面打钻抽水。在督促加快排水的同时，指挥部还专门成立了打眼组，负责地面和井下钻孔方案的实施。

王家岭矿挖煤在临汾乡宁县，而出煤在运城河津市。一条十几公里的通道已经基本完工，在巷道与出煤通道之间，只剩下100多米的距离。救援人员打下钻孔，水哗哗地自流入出煤通道，大大加快了排水的进程。

这些措施效果明显：

31日18时，每小时排水量1125立方米，水位下降18厘米；

4月1日18时，水位下降42厘米，井下水平硐一个钻孔打通排水；

4月2日，排水能力达到每小时1935立方米，水位下降330厘米，井下水平硐三个钻孔全部打通排水，排水明显加快；

4月3日，井下排水水泵达到20台，能力达到每小时2585立方米，水位下降744厘米；4月4日水位下降974厘米，比头一天下降了2米多——这意味着，离可以下井施救已经不远了。

水位降得快，移泵频率就高。每一次移泵和接长管线，都很艰难。一根重达上千斤的泵管，单单搬运就已经很困难了，还要在井下狭窄的巷道中完成对接，就更是难上加难。要做到接口处严丝合缝，全凭工人的双手搬移对接，每个螺丝的紧固都要掌握好分寸，才能确保不渗不漏。

有一次，4名抢险人员抬着水泵往下移，慢慢地，污水已经淹到了脖子下面。一位队员脚下一滑，污水一下子呛到了4人的嘴里。

抢险人员往井下搬运、安装管线，连着干了3天3夜，饿了干啃方便面，渴了喝口冰凉的矿泉水；没地方，也没时间休息，实在困得不行了，就瞅空坐在管子上打个盹儿。

当管线出水时，许多工人累得腿打颤，站都站不稳。600米长的井巷一步步挪了45分钟才爬上来。腿肿了磨破了，汗水血水把靴子粘在脚上，脱也脱不下来。

干活时出一身汗，热得不行；一停下来，巷道里的风吹在身上又冷得不行。一冷一热，许多人感冒了；有的抢险队员嗓子哑了，嘴烂了，甚至拉肚子拉到裤子里，没有一个人吭声，吃点药又走向井下。

看到队员们实在太辛苦了，带队的不忍心，想换一拨人，就问大家："谁愿意继续留下，就举手。"

大伙齐刷刷地举手，所有人都选择了坚持。

在大家没日没夜的努力下，抢险工作进展顺利。

推进！再推进！就能再现生命的曙光！坚持！再坚持！就能创造生命的奇迹。

希望——"生命之孔"传递着对生命呼唤的回声

救援人员始终坚信：每一个被困的矿工都还活着。受困人员始终坚信：政府正在抢救自己。但无情的大水阻隔着他们。而从地面打通巷道的一个钻孔，成了传递信心和力量的"生命之孔"。

几百米下的矿工兄弟是否还活着？怎样给他们坚持的信心？井下的氧气够不够？瓦斯是否超标？怎样才能让他们吃点东西，补充点能量？

在救援推进中，与煤矿打了27年交道的专家组组长贺天才想到了：煤矿中经常从地面向下打孔抽排瓦斯气体，这次是不是可以尝试一下呢？

很快，专家组连夜赶制了钻取"生命之孔"的技术方案，上报指挥部。

在指挥部，这份技术方案引来了激烈的争论——

"王家岭矿是个高瓦斯矿井，金属钻垂直下打会形成强大的冲击力，一旦打穿时形成火花，随时可能燃爆井下瓦斯气体，后果不堪设想！"

"打到井下巷道要数百米，中间可能钻到地下水或地表水层，造成水流倒灌入井，使井下雪上加霜！"

"一旦打穿后，地下气体上冲，可能使井下氧气含量更低，造成被困人员窒息！"

……

指挥部领导也追问："两个钻孔的位置经过科学定位了吗？"

贺天才直截了当地在图纸上指点着回答："1号孔的位置，打入井下透水点附近，处于水位最低处。施工该孔可以尽快疏排巷道积水，还可以向地面抽水，加大排水量。"

指挥部领导又追问："2号钻孔呢？"

"2号钻孔十分重要，将是联系井上井下的生命通道！"贺天才强调说，这个钻孔对应的井下巷道积水高度2米左右，尚有3米的空间，井下被困人员有在此集中待援的可能。

话声刚落，有人大声说："这两个钻孔成功了，你们专家组就是功臣；如果造成严重的后果，你们将成为罪人！"

贺天才环视指挥部，众人神情严峻，只听见墙上钟表的"滴答"声响。"技术报告上有专家们的签名，那就是'军令状'！"贺天才的话掷地有声。

指挥部几位负责人紧急商讨后宣布："救人不能等，你们干吧！"

此刻，贺天才抬头看钟表：31日0时。

初春的王家岭，寒风料峭。

31日凌晨，在经过GPS定位之后，在辅助巷道顶部，令人揪心的2号钻孔开钻，巨大的机器轰鸣声震动着人们的心。

这是生命之约，这是心有灵犀。井上的打钻声传到了井下。

此刻，250多米的井下不远处，正聚集着106名受困矿工，他们齐刷刷地抬头望着巷顶，那目光仿佛钻头一样能穿透巷顶。

湖南籍被困矿工罗欠徕猛然紧抓身边一位老矿工的胳膊，不住地摇晃："外面有人在救我们！"

有人喊了起来，好几天没这么兴奋和紧张了。

打开"生命之孔"，并不简单，由于2号钻孔所在的谷底没有路，重达40多吨的钻机无法运过来，抢救人员在十多个小时的时间里，开辟出一条1.5公里的道路。

入夜的王家岭，寒气逼人。

钻孔队员们挥汗如雨，奋力下钻。经过17个小时不间断打钻，4月1日上午9时30分，2号钻孔终于顺利贯通！一根直径200多毫米的钻头居然准确地打在了井下巷道上！

此后，1号钻孔也于3日凌晨顺利贯通，而后主要用于排水、通风，发挥了重要作用。

2号钻孔钻通后，成了传递信息的“生命之孔”。

抽出钻头，在钻孔里套上中空钢管，并打入钻杆后，2日14时15分，贺天才站在井口尝试敲击着：“咚咚咚……”

敲击声传到井下。钻孔正对下方是两米多的积水。此刻，被困的106人所处的平台，离钻孔还有60多米的距离。但他们听到了。

又是湖南籍矿工罗欠徕。此刻，他疲惫之极，但仍使尽平生力气，操起一根钢筋，攀着巷道里湿滑的皮带，艰难爬行60多米来到钻孔下，猛敲钻杆。

“当当当……”井下传来了敲击声。

井上正在侧耳倾听的贺天才惊了一下，是自己敲击孔壁的回音？“你，快过来，向井下喊一嗓子。”贺天才叫来了一位壮汉。“井下有人吗？”洪亮的声音向井下呼喊。随后，井下又传来敲击声：“当当当……”

此时距透水事故发生已经是120小时。

有人还活着？——有人活着！！

就在这一刻，120小时的坚持，生命的声音第一次穿过钻孔传出了。

不知是谁突然提出：“写信送下去，激励受困人员！”

很快，与营养液一起，塞在空矿泉水瓶子里的信也顺着钻杆送了下去，信中写道：

“弟兄们你们好：请耐心等待，地面上国家领导、省领导带领队伍在全力以赴，加管、加泵排水。很快就会排下去的，一定要坚持坚持再坚持！！！下面气体、风量情况如何？需要我们做些什么？请回信。”

但由于气流太强，信和食物顺水漂走，被困的矿工并没有收到。

也许是一种心灵的契合，就在上面写信下井时，井下的受困人员也在写信。

刘学军想起身边安检员上衣口袋里的笔，抓过来，又扯了块包装纸，用矿灯照着，一口气写了封信，上面写着：

“下面有120人被困，需水和食物，放一部电话下来联系。”

信放在一个砸扁的小盒子里，然后交给身强力壮的龚长中，让他把盒子绑在钻头上送到地面。

考虑到铁丝太细，龚长中又从巷道里找到一根粗铁丝，用尽力气多拧了几道，牢牢地把铁丝带着盒子绑上钻头。

可惜由于钻孔太小，他们的信，地面也没有收到。

但15时10分，在出井的钻杆头上，钻孔队员和专家们惊喜地发现了那根铁丝。

井下的生命信息瞬时在各个角落传递开来。整个王家岭沸腾了！5000多名救援人员个个激动异常，连日的疲惫一扫而光！

当好消息传到指挥部时，大家惊喜之余，心里仍不踏实：敲击声会不会是回音？铁丝是不是打钻时自己缠绕上去的？

“有记者拍下了钻头上缠铁丝的照片！”不知是谁说了一句，指挥部成员又兴奋起来，马上找来照片。大家仔细观察，这根铁丝绕得并不规则，中间还留出一段，应该是绑铁丝时留下的抓手。

“肯定是有人拧上去的，井下绝对有人活着！”

消息迅速传遍王家岭，传遍全中国。

救援队员们像打了兴奋剂一样，扑上去，向那最后的阻隔发起了冲击。

然而，意想不到的事又发生了。4月3日。尽管守望“生命之孔”的救护队员不断敲击钻杆，但整整一天，井下再没传回任何“生命迹象”。

指挥部里，气氛骤然紧张。有人开始嘀咕：是不是井下气体顺孔排出后，积水反而漫上来淹了受困矿工？但专家组和技术组迅速否定了这一推测。

3日12时许，王君和骆琳紧急赶到现场。救援人员向井下输送防爆电话后，王君摇着电话机柄，大声喊：“喂，喂，喂！下面有人吗？”

但另一头始终没有回音。

“是不是防爆电话悬在钻孔中间没有放到井底？”王君不放心，“你们都松手，我再把电话线往下放放。”

王君动手又往下放了放电话线，试图感受井下有没有拉力。然后又摇起电话机：“喂，喂，喂！”

电话那头仍是一片寂静。

井下究竟怎么了？

难道受困人员真的被水淹没了？

此刻，地面人员不知道，受困人员和他们一样，并未停止传递“生命信号”。只是因为担心井下瓦斯浓度高，用金属棍敲击钻杆可能擦出火花，引发瓦斯爆炸，井下的罗欠徕和龚长中就改用了木棍，但敲击声回响较差，井上人员未能听到。

正因为这个“生命之孔”，坚定了受困人员的获救信心，使他们变得更坚强。

又是因为“生命信号”突然“消失”，促使地面人员全力加快救援速度。奇迹——共同的坚持，从死神手中夺回115 条生命

4月3日18时，王家岭矿总排水量达到9万多立方米，逐渐接近了13万立方米的预计透水量，井下水位已下降近6米。

指挥部下达冲刺命令：4日凌晨，至迟中午，必须实现下水救人——

此时，地面也做好了接应的各种准备。153台救护车在井口等待着，离现场最近的4家主要医院里１５３张病床已经准备好。医护人员日夜待命。

4月4日，王家岭矿难抢险救援进入第8天。晚上10时20分左右，在回风巷道，监测井下状况的救护队员郝喜庆发现巷道深处的水面上有光点晃动。他以为自己看错了，揉揉眼再看，果然就是灯光。

“有人！”他兴奋地抓起电话，消息传到了地面。

在事故抢险救援指挥部，电话那边疾速地汇报着。省委书记张宝顺要求：“赶快核实！”

按照图纸，回风巷道所处的位置最低，最不可能有人存活。但就是这里传来了生命的讯息。

负责回风巷道排水的焦煤集团董事长白培中此时也在井下，他也不敢相信，举起矿灯走近水面，挥灯在空中画了个圈，里边水面上紧跟着也画了个圈。“确实有人！”

“马上进去，赶紧救人！”早就部署好的各个救援环节立即全部调动起来。

王家岭透水事故井下救人行动迅即展开！

汾西矿业救护大队大队长陈永生立即带着23名救援人员从回风井入井，徒步奔向北回风巷掘进头救援地。

大家身背氧气瓶、备用呼吸器，手持探险棍，兜里装着营养液、蒙眼罩，总共约50斤重的物品，踩着湿滑的台阶、顺着约摸25度的斜坡奋力前进。救人心情急迫，这段需要半个小时的路程，救援大军只用了20分钟就赶到了。

巷道深处水面上矿灯晃动越来越快，大家更加兴奋起来。皮筏充气、挪入水中，几乎在转眼之间救护队员王根生快速爬上皮筏，与另一名救护队员两人划皮筏直奔光亮而去。

水面离顶板有1米的距离，他们只能匍匐前进。划了一段水路，水位更高，皮筏已接近巷道顶板，无法穿行。两人急中生智，把皮筏放掉一些气，趴着勉强通过。

近了，灯光近了！只见两辆漂浮的矿车里，分别蜷缩着4个人和5个人，抬起头，9双眼睛都瞪得大大的。

困在里面的孟小兵和工友们看着救援队员艰难挤过巷顶，说道："你们慢点，不急，等水位落落再过来吧，我们还能等！"

王根生和队友毫不犹豫，干脆跳下水，涉水奔向被困矿工。

王根生与同来的那名救护队员利用救生圈，连拖带抱，将孟小兵和另两名工友搁在了皮筏上。留下队员陪伴剩下的工友，王根生跳上皮筏奋力向外冲去。

皮筏接近"岸边"时，担架救护队早已守候在巷道上。看到橡皮筏由远而近，"把灯关上！把灯关上！"大家喊道，为了防止光照刺伤获救工人的眼睛，300号人齐刷刷地关闭了头上的矿灯。

近了，近了，看清了皮筏上躺着的工人，"哗！"巷道里所有人鼓掌、跳跃，泪水从每一个人的脸庞上"刷"地流过。

8天8夜。多少艰险，他们等的就是这一刻；多少牵挂，全国人民盼的就是这一刻！

"愣着干啥，快抬人啊！"不知谁喊了一句，大伙儿这才冲上前，七手八脚将孟小兵等3人分别抬上担架，蒙上眼布，盖上棉被。

一场生命的接力开始了。几乎不用指挥，早已编队的救援人员分成9个6人小组，4人抬担架，2人护卫，300米的巷道上靠右侧一路小跑直奔升井底。

在那里，又有30人的队伍分组负责把获救工人抬上绞车升井。

绞车迅速升井，井上一片欢腾！一片欢呼！

一阵清凉的风吹到孟小兵的脸上，虽然蒙着眼睛，但他意识到自己重新回到地面了——坑口吹来的清新的风是每次下班升井后最让孟小兵感到愉快的。

而今天的春风不一样，他有一种重生的幸福。在受困的巷道内一直没哭过的孟小兵，落泪了。

时间定格在4月5日凌晨1时左右。生命的接力棒传递到白衣天使手中。早已等候在坑口的医护人员协助担架员将孟小兵等9名获救工人逐一抬上车，挂上输液瓶，直奔离得最近的山西铝厂职工医院。沿途40多公里的道路，200多名警察值勤，实行了严格的交通管制，确保这条生命通道畅通无阻。

从被困人员出井、运送、医院治疗、转运治疗，生命的接力环环相扣、缜密衔接。

从孟小兵出井到1时24分进入山西铝厂职工医院病房，走过崎岖的山路花费不到1小时。车停稳后，医护人员赶紧推着担架车迎上去，后车门打开，大家合力将获救工人转移到担架车上，再通过走廊、到电梯、进入3楼的病房，这个过程，用时仅4分钟。

“这是一场与时间争夺生命的战斗！一切准备都是为了能让生命延续！”在第一时间得到消息，冲到门口迎接的医疗专家组副组长、山西医科大学第一附属医院副院长刘强说。

第一批9人被救的消息振奋了小山沟里5000多名参与救援的人们。在那里，人们哭着、笑着、呼唤着，遇到不管认识不认识的人，只要四目对望，就会情不自禁地伸出手紧紧相握，不需要任何言语。

179个小时，有人说这是一个奇迹呀！但救援人员相信：还会再有奇迹发生！

奇迹果真又发生了！

上午8时30分，救护队员乘橡皮筏进入辅助运输大巷侦察，在“生命之孔”曾经传递生命信息的地方，准备救助第二批受困矿工。

由于巷道内水面以上高度受限，救护队员无法进入，只好返回，但是看到前方有数盏矿灯发光。指挥部下令：继续加大排水力度，降低水位，争取尽快进入搜救。

9时许，救护队员再次进入。井下瓦检员向事故抢险救援指挥部报告：检测仪器显示，目标巷道里氧气浓度仅为16%，而瓦斯浓度上升到了12.6%。瓦斯浓度一旦超过5%，就可能产生爆炸。

是撤退还是继续前进？这是个艰难的抉择。指挥部里的专家们在激烈地争论着。

经过分析认为，氧气和瓦斯的监测结果有时会有误差，在巷道的顶部、中部和底部检测都会出现不同的结果；井下的大系统没有出现变化，因此井下的空气也不应该发生大的变化；氧气浓度一旦低于17％，人就动弹不得，但目前井下的救援人员仍很正常。这说明，检测的数据可能有问题。

指挥部当即拍板：继续前进搜救被困人员！不过，搜救队伍采取了更严密的防护措施，并派出另外两组救护队员接应。

水下的各种被毁设施也很多，他们不得不派一个人在前面用棍子清理障碍物；向前划进的同时，还要检测有毒气体。在越过了大面积的水面后，因为杂物太多皮筏已不能前行，队员张金带着另外一名救护队员爬上传送皮带往巷道深处继续搜寻。

他们一边艰难地行走，一边喊话："有人没有？"没有回应声。在走过一片水面下了皮带再往前走时，张金发现地上有很多脚印。

"有没有人？"10时30分左右，当走到20102工作面皮带机头的时候，张金再喊。

"有！"终于传来一个微弱的声音。

话音未落，眼前先是有一盏矿灯亮了，几盏矿灯亮了，十几盏矿灯亮了，接着所有的100多盏矿灯"刷"的一下亮了起来，顿时驱散了眼前的黑暗。

几乎所有的被困工人都互相搀扶着站了起来。那一刻，救援队员热泪纵横，大家全哭了。

从11时18分到14时15分，橡皮筏在巷道里来回穿梭，106名被困工人艰难地走出了险境，陆续升井，同样被早已守候在井口的救护车疾驰送往医院。

5日中午，从北京赶来紧急驰援的医疗专家，和当地医疗专家一起为115名获救工人会诊，当晚决定将60名病情较重的工人转往太原治疗。铁道部紧急调配专列运送病人，停开了沿线所有的车辆，太原公安交警全力疏导交通，确保病人在最短时间内到达各大医院。

得知这一消息后，胡锦涛总书记、温家宝总理向获救人员表示亲切慰问，向所有参加救援的人员表示崇高敬意，要求前方救援指挥部，继续发扬不怕疲劳、连续作战的精神，进一步加大救援工作力度，全力以赴、争分夺秒，千方百计搜救其余被困人员，同时精心做好获救人员的医疗救治工作。

消息传遍全中国。一场生命大营救，牵动着亿万群众的心。5日中午，当地群众守候在山西铝厂职工医院门口，驶来一辆救护车，人群中就响起一阵热烈的掌声。一位退休老干部挥毫泼墨，一口气写下“全国人民与矿工心连心”“共产党好”“祝贺营救成功”的字幅。

消息传遍全世界。各国媒体纷纷以大量篇幅和时段报道中国政府全力以赴救援被困工人，并由衷称赞营救成果和工人们创造的生命奇迹。

6日中午，孟小兵在医院里吃上了在井下最想吃的面条。他借用护士的手机和妻子王花蕊通了电话：“我还活着。”

“我一直相信你活着！”那生死不明的8天8夜守候，王花蕊喜极而泣。

坚守——我们相信他们仍然活着

有创造生命奇迹的欣慰，也有生命逝去的悲伤。在王家岭矿，救援在紧张进行，一些不幸遇难的矿工遗体也陆续被发现。但是，人们依然执著地相信：工友们还活着！

从5日营救出第二批被困矿工后，救援步伐更快了，因为所有人都知道，留给他们抢救生命的时间越来越少了。

为了适应井下复杂的地形，救援人员拉来了更多的排水软管，应急发电车和水泵的轰鸣声，以及忙碌的救援人员都告诉人们，这里的救援仍在加紧继续。不断地抽水，不断地有水涌入，但他们仍坚定执著地向最后的出水口支巷挺进。

救护车和医护人员仍在坑口守候，从北京来的医疗专家陈明晓认真制订着更加精心的针对余下受困人员获救后的医疗救治方案。他们依然期待着生命奇迹的再现。

入夜，山里的风依然透着寒气。来自霍州煤电公司的救援人员邵同群，站在悬崖旁，披着军大衣，手拎手电筒，凝视着通向崖底的水管。在救援中，他是一名看水工，随时报告排水出现的异常情况。每天晚上他都要在这里直直地站上8个小时。他说：“我还要在这里站下去，直到我的兄弟们都出来了。”

临汾市电力救援队500多人仍在矿区彻夜巡查，生怕“电力生命线”出事。这些线路可不是一般的电线，是抢救工人的生命线；假如有应急需要，他们的移动发电车可在1分钟内启动，保证不耽误救人。

经营电工材料的“80后”青年张华杰，事故第二天将价值1万多元的电线、电缆等物资送到抢险现场。这几日，他又带来了“90后”员工史卓越，跑回来当起了志愿者，在井口抬管道、搬设备。他们仍然在矿上忙碌着。

杜娟、杜一静、杜璐丹，来王家岭寻父的三姐妹，得知出事时父亲并不在井下，她们留下做起了志愿者。每天早上6点半至晚上11点，在后勤组洗碗、打扫卫生、搬运矿泉水和食品箱。她们说，要坚持到抢险的最后一刻。

75周岁的高润泽老人，曾经是一场煤矿透水事故中的获救者。他专门驱车从山东赶到抢险现场，向抢险指挥部捐款2万元。老人鼓励大家，井下有空间，希望所有人都要坚持，坚持，再坚持！

那些还没有见到亲人的家属们，还在望眼欲穿。

是啊，用真情坚守生命，用信念维护尊严，不放弃、不抛弃，奇迹，或许就在前方！

截至4月11日12时，事故发生第15天。井下仍有5名工人被困。井下排水搜救工作仍在全力推进。事故已造成33人遇难。

王家岭矿透水事故，是一场本不该发生的灾难，事故原因已开始调查。事前接到渗水报告，但未及时撤人；赶工期、赶进度，安全责任不落实；事故巷道此前多次积水但排查治理不力……

正是一个个人为的隐患，将矿工们推向了黑暗的“深渊”。

遇难的矿工，为了给孩子挣学费，为了让父母、妻子和儿女过上更好的生活，下到幽暗的井底辛勤劳作。无情的灾难却夺去了他们鲜活的生命。亲人们失去了父亲、丈夫、儿子和兄弟，失去了家庭的顶梁柱，怎能不悲痛欲绝，让我们为这些逝去的生命送上深切的哀悼和缅怀。

为了使悲剧不再重演，我们必须再次警醒——以生命的名义。

透水事故的发生，以及生命大救援的十多个日日夜夜见证：一段惨痛的记忆，将化作沉重的警钟；一个个生命的奇迹，一声声不离不弃的生命呼唤，还有那血脉相连、共渡危难的民族大义与人间大爱，将凝成人们继续前行的力量。

那逝去的生命，那悲壮的一幕，那感天动地的精神，我们永不忘记！

王家岭：感天动地的生命记忆

山西日报记者　李宁波　李宏伟　齐作权　张临山

时间定格在公元2010年3月28日13时40分。全世界的眼光投向了吕梁山南麓的王家岭。

中煤集团第一建设公司王家岭项目部在建矿井发生透水事故，153人被困井下，生死不明……

王家岭，这个在省域地图上也无法找到的地名，迅速传遍全球，亿万民众的心为之牵动。

救人！救人！！救人！！！

●153人被困井下生死不明，举国关注……

●中南海急电：千方百计抢救井下人员！

●国务院副总理火速赶往事发地点：排水救人！通风救人！科学救人！

●千军万马星夜驰援。密集的车灯刺破夜空，形成一条移动的“光龙”。

中南海在第一时间得到报告，胡锦涛总书记、温家宝总理立即作出重要指示，要求采取有力措施，调动一切力量和设备，千方百计抢救井下人员，严防发生次生事故。

受胡锦涛总书记、温家宝总理委派，张德江副总理于事发当晚紧急赶赴现场，指导抢险。一到现场，他就急切地了解情况，查看救援现场、慰问救援人员……随即，在现场召开紧急会议，传达胡锦涛总书记、温家宝总理的重要指示；并根据重要指示精神，结合现场实际情况，确定了排水救人、通风救人、科学救人并严防次生事故的救援方案。

排水救人——尽最大努力从各方调集抽水设备，以最快的速度安装，以最大能力排水。

通风救人——要向井下强压通风，为井下被困人员提供生存支持。

科学救人——成立专家组，科学评估，以最快的速度、最有效的办法进行抢救。同时，要防止瓦斯爆炸、塌方等次生事故。

国务院副秘书长肖亚庆，国家安监总局局长骆琳，国家安监总局副局长、国家煤监局局长赵铁锤在第一时间赶到现场，组织研究制订科学救援方案。坚守在事故现场的骆琳，连续研究部署救援方案，检查工作进度，深入井下查看排水情况，在井口指挥调度救援升井人员。

山西省委、省政府高度重视，省委书记张宝顺、省长王君火速赶往事故现场，指挥抢险救援。在急速奔驰的汽车上，他们一边传达落实中央领导的指示精神，一边打电话调度各方力量迅速集结。他们强调，山西省委、省政府坚决落实中央领导的指示精神，调动一切可以调动的力量，要钱给钱、要物给物、要人给人，全力抢救井下被困人员。

按照中央领导部署，立即成立了王家岭矿“3·28”透水事故抢险救援指挥部，山西省副省长陈川平担任总指挥，中煤集团总经理王安等为副总指挥，下设抢险救援组、救护队协调组、医疗组、保卫组、新闻组、善后组和后勤保障组7个工作组。

28日晚，中煤第一建设公司、华晋焦煤有限责任公司立即启动抢险救援应急预案；临汾、运城两市及乡宁、河津、西山煤电、汾西矿业、霍州煤电的7支矿山救护队、上百名专家星夜奔向事故现场；从运城、临汾、霍州等地调来33台水泵、4010米钢管、8200米电缆、4150米通信电缆等物资正源源不断地运抵现场……

王家岭山沟里，那曲折盘错的山间公路上，一下子聚集了千军万马。密集的车灯刺破夜空，形成一条移动的“光龙”。各路救援队伍正在以最快的速度从四面八方赶赴事发现场。

在已有7个工作组的基础上，指挥部又设立了打眼组、井下涌水分析组和安全措施专家组。为防止次生事故发生，井下救援指挥部成立，协调井上和井下排水工作，监测井下瓦斯。

一场与死神的决战开始了！

排水!排水!!排水!!!

●从各地紧急调运的水泵等排水设备运到了现场，副总理为抢险车队让路；

●重达14吨的机器解体后，用了8个小时、分8次才运送到位；

●半吨重的10英寸钢管在井下需要20人来抬。抢运工人的腿都肿了，不能打弯；

●48小时内，第一个排水系统运行，排水能力为每小时150立方米；

●指挥部发出总攻令：倒排救援时间，限期排水救人。

王家岭煤矿项目，是国家和山西省重点项目。位于山西省乡宁县和河津市境内。设计年生产能力600万吨，主产优质焦煤。事故发生时，该矿正由中煤集团第一建设公司在建。

3月28日，该矿井下有261名工人当班。透水事故发生后，有108名工人升井，153名工人被困井下，生死不明。

井下巷道已被透水淹没。要想救人，就要先排水。排水，是抢险救人的关键词；排水，也时刻揪着人们的心。

很快，从各地紧急调运的水泵等排水设备运到了现场，各路救援队伍赶到了现场。

张德江副总理一下飞机，就直奔事故现场。途中，主动为救援车辆让路。

3月28日当晚11时，霍州煤电200余人的救援队伍、8卡车的救援物资到达现场。辛置矿、团柏矿两支救援队连夜投入抢险战斗，卸设备、下水泵、抬管子、铺电缆……一趟又一趟地往返在主副井两个25度斜坡的600多米巷道里。

团柏矿救护人员刘庆芳、王三穴第一批赶到救援现场后，一直忙着安装电缆，装卸设备。第一天就往井下抬了7趟管子，一趟来回需要3个多小时。一节长6米、重500公斤的10英寸钢管在斜井下需要20人来抬。狭窄的台阶，打滑的煤泥，稍不留神，人就会滑倒，钢管就会跌落。施工中，大家只好小心翼翼地踩稳、踩实每一步。一天下来，刘庆芳、王三穴的腿肿了，连弯都不能打。

30日凌晨2时15分，霍州煤电集团抢险队负责的回风巷、井底车场、回风斜井、地面1100米的排水系统开始正常运行！这是本次抢险中形成的第一个排水系统，排水能力为每小时150立方米。

截至3月31日18时，水泵就从井下原有一台小流量的水泵增加到11台，总排量达到每小时1125立方米，井下水位下降了18厘米。

据专家分析，当时井下的透水涌出量多达13万立方米。显然，这样的排水进度远远不行。那么，到底是什么原因制约着排水的进度？

救援设备安装困难。王家岭矿是在建矿井，井下排水设施不全。排水设备需从外地调运，救援队伍要从外地集结，都花费不少时间。运送水泵、管道等排水设施的巷道长达600多米，且倾角为25度，工作最大断面只有约30平方米，给施工造成影响。3月30日晚下井的一台10英寸大型水泵重量达14吨，机器解体后，用了8个小时、分8次才运送到位。此外，10米一节的排水管道都得一节一节焊接或拧接，每接一节大约15分钟。每条排水管道都在1公里以上。交叉作业，又使狭小的空间显得更为逼仄。

井下打钻操作需格外谨慎。排水要钻孔，打钻要产生火花。而王家岭矿是高瓦斯地质构造，稍有不慎，极易引发瓦斯爆炸。一旦为了防止瓦斯爆炸而被迫停电，就不得不延长救援时间。

现代化装备派不上用场。突发的大水瞬间涌出，使施工机械和垃圾快速堆积，造成井下情况复杂，潜水员和机器人都派不上用场。

时间在一分一秒地流逝，排水、通风、打钻等救援工作仍在艰难而紧张有序地推进，井下仍未探知生命迹象。现场指挥部里气氛凝重，山西省和国家安监总局的领导同志决定：倒排救援时间，限期排水救人。

速度!速度!!速度！！！

●四套排水方案，专家精心论证。优中选精，精中选快；

●上千吨的设备，通过工人的肩和手搬运到抽水点；

●平时需要三个月时间才能完成的工作量，只用了三天三夜就铺设安装成功；

●工人抬着水泵往下移，污水已经淹到了脖子根；

●人们苦盼的一台流量450立方米/小时的特大泵开始出水了；

●毫米→厘米→米……迅速下降的水位刻度，让信心一点点涨了起来。

指挥部下令，必须尽快将排水能力提高到每小时2000立方米！那样才能在最短时间内将水排到可以下井施救的程度。指挥部紧急下令省内五大国有重点煤企各自“认领”排水管泵，限时完成。当问有没有困难时，那些已经满脸煤灰、胡子拉碴的董事长、总经理们，没一个含糊的。

指挥部再次修订排水方案，采取四种方式推进。第一是投入水泵往矿井外排水；第二是通过巷道往采空区倒水；第三是打通巷道往低处南大巷平硐排水，需要钻进150米；第四是选择两个井位地面打钻，目的是既能往外排水，又能为井下通风和输送食物。

从坑口到井下，救援人员通宵达旦地奋战着。从下井输送管材到安装水泵，上千吨的设备，都通过他们的肩上和手上，搬运到抽水点。

铺设抽水管道、安装水泵是西山煤电应急抢险救援小分队接受的任务。为了与时间抢速度、与死神抢生命，他们24小时轮班作业，一个班都在12小时以上。大家说："我们苦，没有被困职工苦；我们累，没有被困职工累；我们饿，没有被困职工饿。只要能解救被困职工，我们再苦、再累、再饿也值得。"

随着井下水位的快速下降，水泵每3米就得往下移一次。西山煤电应急抢险救援小分队的6台水泵几天就移动了120米，而每一次水泵的移动，都是一次艰难的过程。有一次，官地矿的方玉松、李满庭、赵青海、赵国旺四个人抬着水泵往下移，污水已经淹到了脖子下面。李满庭脚下一滑，污水一下子呛到了嘴里，但大家挺直腰杆继续往前走。等他们安装好水泵走出水面，身上的污水哗哗地流了一地。

4月1日14时，本报记者第一次进入井下。回风巷道25度斜坡上，徒手走下去亦感困难。沿路看到，两条直径6英寸和10英寸钢直排水管已铺好并传出了流水的声响。30多分钟后，记者艰难地走到了巷底，膝盖已是酸痛难忍。爬上一个长坡，再蹚过200多米的泥水路，15时许，记者到达抽水作业面。水面下的3台水泵正在满负荷抽水。斜坡上，近百名救援人员在3.5米的巷道空间中安装水泵、铺设管线、监测水位……记者看到，这里的排水进度开始加快，已能清晰地看到巷道壁上的水印，水位下降近1米。

王家岭矿一条十几公里的通道已经基本完工，在巷道与出煤通道之间，只剩下100多米的距离。救援人员打下钻孔，水哗哗地自流入出煤通道，大大加快了排水的进程。

多排水，就多一分希望。

4月3日17时，人们苦盼的一台流量450立方米/小时的特大泵开始出水了。哗啦啦的水流声似乎告诉大家，这是追赶生命的声音。为了这一刻，中煤集团前来支援的500多名救援人员，克服一切困难，把平时需要3个月时间才能完成的工作量，只用了3天3夜就铺设安装成功。特大泵的成功安装，预示着井下排水速度正在加快。

4月4日，又一台大流量水泵安装成功，开始排水，使井下水泵增加到20台，排水能力达到每小时2535立方米,水位每小时下降20厘米。历史会记载这样一组数字：

3月29日20时，水位下降2毫米；3月31日18时，水位下降18厘米；4月3日18时，水位下降6.7米；4月4日12时，水位下降10.2米。

排水进度从毫米、厘米一直到米的单位变化，显示着追赶生命的速度在逐渐加快。

下井救援时机一步步成熟……

●井下突然而至的敲击钻杆声，让亿万人喜极而泣；

●钻杆上捆绑的一段铁丝，给人无限的希望；

●营养液通过钻孔投放到井下；

●矿泉水瓶子里的两封信送到井下，坚持、坚持、再坚持！

“叮当、叮当……”4月2日14时10分，在地面2号垂直钻孔处，救援施工人员忽然听到从井下传来了敲击钻杆声！这是抢险救援工作进入第六天后，首次从井下传递到地面的声音。这表明，井下被困人员还有生命迹象。

地面2号垂直钻孔由省煤炭地质局148勘查院施工人员于4月1日9时打通，历时16个小时，井深为251.8米。钻孔下是辅助运输大巷。

“井下有人活着！”当这一声音被确认时，现场的施工人员、正在采访的记者欢呼起来，多数人激动得热泪盈眶。120多个小时的漫长等待中，井下被困人员音信全无，现在，这生命的信息，燃旺了所有人的希望！

一个多小时后，惊喜再次来临！施工人员提升钻机钻杆时发现，钻杆上竟扭着一根铁丝，井下被困人员再次有了回应！经判定，细铁丝为人力扭上，可能还拴有物品，但在钻杆提升过程中，因刮蹭、钩挂等原因脱落。从绑铁丝的情况看，下面被困人员仍有体力。

18时许，救援人员再次将葡萄糖等营养液通过钻杆传递到井下，并尝试着冲钻孔大喊："杆里有吃的，把钻头砸开！"但是，这一次，井下却没有了回应。

伴随着营养液传送下去的，还有塞在空矿泉水瓶子里的两封信。其中一封信写道：

"亲爱的工友们：

党中央、国务院和全国人民时刻都在关注你们的安危；省委、省政府领导正在现场指挥抢险工作。同志们都为你们传递的生命的信息万分高兴，都在争分夺秒、全力以赴救援。你们一定要坚定信心，坚持到底！坚持就是胜利！"

与井下人员实现生命信息的沟通后，各方救援施工人员备受鼓舞，不由得加快了救援施工的进度。所有的人都抱着一个坚定的信念：只要有一线希望，就要付出百倍的努力！

3日，施工人员又尝试通过钻孔往井下投放防爆电话。

考虑防爆电话不防水而且质量较轻，施工人员把电话用塑料布层层包裹起来，拿胶带仔细粘好，又在电话底部拴上了一根长约一米的三角铁，作为固定铅锤。

12时15分，一部防爆电话、一盏矿灯和一封信同时被投送了下去。信上写着：你们要坚持住，省委、省政府很关心你们，全省人民大力支持你们。

放电话过程中，七八位施工人员拉着钢丝，小心翼翼地通过钻孔往井下送，每放10米就缠上红色胶带作为距离标记。10分钟，钢丝放了120米。贴着话筒仔细倾听，除了电流的丝丝声，还能听到气流、水流冲击包裹着的塑料布的声音。

241米，242米，243米……就快到巷道顶板了，施工人员放慢了动作，一点一点地放着。考虑到钢丝放短了不能从顶板露下去，放长了又会泡在水里，同时还有可能被折叠在钻孔里一部分，施工人员估算了一下，放了260米左右停了下来，施工人员拉紧固定着。

放电话的过程中，一名施工人员不时地旋转电话底部的手柄，不停地呼唤着，静静地倾听着，耐心地等待着。但一直没有人接电话，也没有人应答。

接着，施工人员又往井下投送营养液，希望能为井下被困人员提供生命支撑。

揪心！揪心！！揪心！！！

●下面的敲击声带给人们片刻的喜悦之后，井下再也没有传出任何生命信息；

●潜水员带回了沮丧的信息；

●投放下去的防爆电话没有任何回音；

●可视探头下去后，图像仅闪了几秒钟就消失了；

●全中国揪心！全世界揪心！亿万人度过8个不眠之夜。

尽管困难重重，尝试却从未停止。

3日上午，抢险现场来了潜水员。10时许，河南新密安全生产救援中心救护队长冯松建脚步匆匆地走进抢险救援指挥部。他向指挥部报告，4名潜水员和11名救护队员全部到位，随时可以下水。

老冯介绍，能否下水取决于三个条件：水质透明度，水下环境，潜水距离。他表示，自己的队伍参加过多次地面水灾的抢险救援，虽然没有在透水巷道里潜过水，但所有队员都参加过国家级潜水培训，只要条件允许，马上下水不成问题。

指挥部告诉老冯，现在2号钻孔已打通，且根据从井下传来的敲击钻杆声，可以断定井下还有生命的迹象。但是其他几个工作面受透水阻隔，仍然情况不明，时间非常紧迫。所以，潜水员的任务就是，探情况、摸信息、送营养液。即，保证自身安全的前提下，潜过被水淹没的巷道，摸清井下情况，寻找被困人员。

指挥部决定，将山西省水利部门的12名潜水员和河南新密前来增援的4名潜水员合兵一处，由省水利厅厅长潘军峰统筹总指挥，老冯带队下水。

13时，就在施工人员通过2号钻孔投送电话的同一时间里，7名救护人员和6名潜水员首度下井摸探。约4个小时后，潜水员回到地面，但带回的消息却令人沮丧：

井下施工机械和垃圾被透水涌出堆积起来，情况比较复杂，而且水质浑浊，路程太长，潜水员和机器人都派不上用场。

这天下午，救援人员努力与井下取得联系的工作一刻也没停。

2号钻孔的施工工地上，施工人员尝试通过钻孔往井下投放可视探头。但放下去后，因信号中断，图像仅闪了几秒钟就消失了。惊喜片刻，失望重又迅速涌上心头，人们半晌无语，心再度悬了起来。自4月2日获悉井下有生命的迹象后，时间一分一秒地流逝着。

敲击钻孔管道没有人回应，从钻孔送下的营养液也不知有没有人喝到，井下到底能有多少人存活，他们的状况怎么样，153名被困工人每时每刻都面临着饥饿、水和有害气体的严重威胁……

这些问题煎熬着现场的每一名指战员！

令人稍感安慰的是，4日，抢险救援进入第8天，排水进度明显加快，每小时水位下降达30厘米。按此速度计算，5日凌晨2时左右，救护队员就可以下水救人了。

4日一早，指挥部对井口的两个广场进行了清场，一些暂不需要的大型机械已经移走，地面通道全部打开。

根据井下被困人员所处的位置，抢险指挥部迅速确定了三条救援线路。

第一条救援线路是辅助运输巷救援，分四个搜救点，共有被困人员61人；第二条搜救线路是胶带大巷，分四个搜救点，共有被困人员57人；第三条搜救路线是回风大巷，分两个搜救点，共有被困人员29人。另有6人为零散人员，具体位置不明，由各救护队在搜索中救护。

4日晚，暮色渐浓，太阳在人们的焦急等待中缓缓落下。

22时20分，指挥部的门突然被撞开了。一名救护队员气喘吁吁地向副省长、抢险救援指挥部总指挥陈川平报告，搜救队员在回风巷中看到对面有灯光晃动！

闯进指挥部的人叫杨志雄，山西焦煤汾西矿业新阳矿救援队队员。据井下救护队员报告，井下有人忽然发现远处有一束亮光，并且还在不停地晃动。反复确认后，指挥部马上发出命令：下井救人！

23时15分，第一个橡皮筏下水了。

所有人的希望之帆，再次被鼓得满满的。

奇迹！奇迹！！奇迹！！！

●井底走船改写人类航行历史！坚决找到你！一定救出你！

●179个小时后，第一名被困工人升井，亿万掌声雷动天地；

●中南海第一时间驰电慰问；围观的老百姓跪在地上，朝着井口方向不停地磕头；

●不抛弃不放弃，115条鲜活生命奇迹般生还，谱写人间大爱的生命壮歌；

●啃树皮啃木头，吃纸箱吃棉花，抱团取暖互相鼓舞，勇敢智慧惊天地泣鬼神；

●顽强抗争挑战生命极限：党和政府会来救我们的！

4月5日凌晨零时40分，第一名被困人员顺利升井！这一时刻将被载入世界抢险救援史册！

现场所有的目光都聚集在井口，随后，一片欢呼声响彻山坳，有的人热泪满眶，有的人奔走相告。当载着获救人员的医疗救护车通过时，人们欢声雷动，目送救护车远去。而在警戒线外的山坡上，几个围观的老百姓则跪在地上，朝着井口的方向不停地磕头。

7天8夜、179个小时，所有人企盼的奇迹终于在这一刻变成了现实！

这是一段与死神抗争的人间神话。

这是一曲体现生命尊严的爱的壮歌。

这是中国人民挑战生命极限的伟大胜利。

当首批9名被困人员全部升井后，国家安监总局局长骆琳宣读了中共中央政治局委员、国务院副总理张德江代表党中央、国务院，代表胡锦涛总书记、温家宝总理发来的祝贺电报。顿时，全场爆发出雷鸣般的掌声。

中煤一建63处项目处的一位工人低着头，哽咽着给家人报喜：“出来了，出来了，人救上来了。”

乡宁县枣岭乡一位民营企业家高兴地对记者说：“只有咱社会主义国家，才能办成这惊天动地的大事！”

是的，在2010年清明节这一天，王家岭矿难抢险救援的壮举，惊天地，泣鬼神！

奇迹的出现，源于救援人员对生命的尊重和不抛弃、不放弃的努力。

4日23时15分，接到抢险救援指挥部提前下井救人的命令后，山西焦煤汾西矿业集团救护大队长陈永生立即带人下到工作面，奋力划着皮筏，朝闪烁的灯光驶去。此时，水位还高，水面距巷道顶部只有几十厘米，加之水面杂物多，皮筏行进十分艰难。干了32年矿山救援工作的陈永生，也是首次在井下使用皮筏，操作不顺手。为了抢时间，他急中生智，把皮筏放了一些气，用手使劲撑住巷道顶，一把一把将皮筏推了过去。就这样，大家成功救出了第一批9名被困人员。

5日11时许，第二批井下救援开始，西山、汾西、霍州煤电、潞安等11支矿山抢险救援队投入战斗。陈永生又冲在了最前面。他一个人在辅助运输巷里往返两次、救出6人后，已经精疲力竭。于是他又和副大队长同划一个皮筏，往返8次，又救出了22人。

皮筏到不了被困人员所在的位置，救援队员们就纵身跳进水里，把被困人员抱上皮筏。一名被困人员问："能把我们救出去吗？"陈永生坚定地说："只要我们能进来，就能把你们救出去。"

当被困人员离开皮筏时，一场救援接力开始了。从井下到井上，再到医院，各个环节衔接紧密，组织有序；救护队、担架队、医疗队，协调配合，环环相扣，井下被困人员离开水面后第一时间就得到有效救治。

奇迹的出现，源于井下被困人员对生存的渴望和不向命运低头的顽强抗争。

被救工人一个接一个从井口抬出，在场的人无不为之动容，都报以热烈的掌声。这是对救援人员顽强工作的鼓励，是对顽强生命的敬重，是发自内心的感动。

4月5日，注定要成为中国救援史上的里程碑。这一天，有115 位工人获救。

国家安监总局局长骆琳说："9名被困人员坚持7天8夜后成功获救，创造了生命的奇迹；153 名被困人员中115 人获救，创造了中国事故救援的奇迹。"

8天8夜，115 名被困人员如何在井下顽强存活，突破"没有食物只能生存7天"的生命法则？几名救援人员向记者讲述了被困人员井下求生的经过。

"第一批被救上井9人在事故发生后，展开有组织的自救。当时发现有两辆矿车漂在水面，他们就分成两拨，蹲进矿车。这两辆矿车成了他们逃生的'诺亚方舟'。"

"第二批被救上井的106 人在事故发生后，从不同工作点逃生，最后在一名老工人指引下，用镐头打开一个密闭巷道，爬到了高处，终于躲过了这场灾难。2号垂直钻孔打通后，106 名被困人员发现了钻杆，备受鼓舞，立刻敲击回应地面。后来没回应是因为不敢再敲：第一，因为井下瓦斯高，怕敲出火花引起爆炸；第二，井下氧气也不足，不敢多动，以保持体力。"

"由有经验的老工人组织，每天轮流开几盏矿灯，保证井底照明。有的被困者获救升井后，手里的矿灯还能发光。"

"一些被困人员用铁丝将圆木捆起来，扎成简易木筏，准备水位下降后坐木筏冲出去。"

“被困几天后，有的年轻人精神接近崩溃，老工人就鼓励安慰他们，甚至编出了‘3名矿工被困井底25天得救’的故事。”

“饿了，他们就啃树皮和木头，吃炸药包装箱的纸片或棉衣里的棉花；渴了，就喝井内积水；冷了，就抱团取暖。”

……

4月5日这一天，115名被困人员奇迹般生还的场面，是一幅催人泪下、举世震惊的画卷，令人震撼，使人刻骨铭心！

救治！救治！！救治！！！

●数百名医护人员等了3天3夜；在这里，头上的星空和脚下的大地一同静静地等待；

●153个救护小组枕戈待旦，153个特设病床空位以待，153套治疗方案量身打造，153辆救护车严阵以待；

●数千里公路铁路没有任何障碍一路绿灯，救援的快速接力一路传递；

●副总理指示具体到每个救治方案；

●省委书记亲抬担架，局长省长守候井口迎接每一个顽强生命……

4月5日凌晨1时22分，随着一阵急促的警报声，车牌号为晋EJM006的救护车驶进山西铝厂职工医院，在急诊楼前戛然而停。车门打开，第一位获救工友赢得雷动掌声……

这位获救人员名叫靳群红，36岁。

一套精心准备的医疗救治应急预案立即启动。

……

4月2日，一项与井下救援同样重要的工作悄然展开。全省卫生系统紧急行动起来，开辟生死救援的“第二战场”。

张汉伟、肖传实、刘强……一个个大名鼎鼎的医疗专家悉数出动。

医疗救治方案不放过任何一个可以救治的阶段，囊括了救治可能遇到的各种情况。

在往井下投放营养液的同时，有关医院预留出153张救治床位，153辆救护车呼啸而来，严阵以待。从王家岭的山下向上望去，如蜿蜒的长龙一般。每辆救护车均配足了被褥、氧气及必备的抢救器材，保证“一人一车一医一护”。

从2日至5日，153辆救护车等了3天3夜；数百名医护人员等了3天3夜；在这里，头上的星空和脚下的大地一同静静地等待。等待生命之门开启，等待那一个重要时刻的到来。

5日零时35分，万众瞩目下，第一位被困人员成功升井。两个、三个……首批9人被成功营救。

得知这一消息后，胡锦涛总书记、温家宝总理再次作出重要指示。张德江副总理要求国家卫生部和山西省委、省政府不惜一切代价全力救治获救人员。要针对每一位获救工人的具体情况，制订个性化的治疗方案。为每个人组建专门的医疗救护小组，争取使他们尽早康复、全面康复。

卫生部副部长尹力带领21名专家奔赴山西。

……

在坑口，救治工作在现场紧张展开……

一个个救治细节在一双双温暖的手上被放大，被救工人出坑由医务人员实行救治与分流，由专人转运至救护车上。

转运途中，救护车的护士小高一直在为被救工人罗欠来进行体格检查，记录病情变化，并与接收医院的医师进行床旁交接，随时准备与北京专家取得联系，进行专业救援指导。

5日上午，省领导张宝顺、杜玉林、高建民赶往河津市人民医院。救护车到了，张宝顺快步来到楼前迎接。每一辆救护车到来，他都要迎上去开门，帮助抬担架；每一次护送担架车，他都要大声叮咛：小心点！走得稳一点！他强调，现在下井救人工作已经到了最关键时刻，要发扬连续作战、顽强拼搏的精神，在确保安全的前提下，争分夺秒，千方百计多救人。同时要精心做好获救人员的医疗救治工作，让每一位被困人员离开水面后就得到有效救治，力争使他们早日恢复健康，努力夺取抢险救援工作的最后胜利。

截至5日下午4时，115名安全升井的工友被迅速转送到河津市的3所定点医院。

4月5日中午，河津市人民医院护士张芳，接到了获救工人于建华。当时的于建华神志有些不清，衣服上沾着煤，脸上身上有煤，全身冰冷。27岁的张芳打来热水，给他清理全身。张芳说，“我用接近体温的热水，从脸到脚给他擦干净，还给他洗了头，换上干净病服。看到他嘴里满是煤，牙齿上也沾着煤，我用棉签蘸上盐水，小心地把他嘴里的煤抠出来，用棉签把牙一颗一颗清理干净。”

5日晚，根据专家组评估结果和建议，指挥部决定将60名病情较重且符合转运条件的病人送往太原治疗。

铁道部连夜安排专列，在卫生、公安、安全生产应急救援等部门的密切配合下，6日6时30分，卫生部副部长尹力、副省长张建欣陪同护送60名较重病人，乘专列转至省城太原3家重点医院进行救治。

从王家岭到河津到太原，生命的绿色通道一路铺展，救援的快速接力一路传递。

6日11时37分，60名获救工人乘专列抵达太原站。拆卸窗户、运送伤员、护送上车。

11时45分，第一批救护车离开太原站，驶向对应医院。

一副副担架抬下火车，一束束鲜花送到伤员手中，一辆辆救护车依次驶出，一条条道路畅行无阻……

许多人情不自禁鼓掌。围观的李爱花老人拭着泪水说道：“老伴退休以前就在煤矿工作。这几天，老伴住院了，还一直关注着受困人员的消息，今天看到他们大多数人平平安安，我们打心眼里高兴。”

6日上午，省长王君不辞劳苦、风尘仆仆来到河津市人民医院，看望慰问获救人员。他强调，要把医院作为抢险救援的一线，组织强有力的医疗专家，利用最有效的医疗设备，精心治疗、精心护理，做到安全升井人员都能够得到最好的医疗救治，确保不再死亡、避免伤残、全面康复、不留下后遗症，让每一名获救人员尽快康复出院，创造出医疗救治新的奇迹。

在山西医科大学第一医院，获救工人除个别人的血压有些波动外，整体生命体征比较平稳，医院安排了心理医生对获救工人进行一对一心理疏导。

拆掉眼罩、说话聊天、看电视节目、喝米汤、吃面条……被救工人生命体征逐步平稳，健康情况逐步向好。

45岁的被救工人董有红借了护士的手机，向家人报了平安时，泪水横流，几度哽咽。

34岁的翼城工人于建华，在河津市人民医院的病房里和难友们谈笑风生，开始打算着未来的新生活。

28岁的古交工人靳晋明激动地说："大难不死，必有后福。党和政府给了我第二次生命，我要好好地生活，坚定地活着！"

"以前我们不知道自己还有这样大的毅力和能耐，能坚持这么久！"7日17时，山西医科大学第一医院负责为病人进行心理治疗的精神科专家罗锦秀主任医师从病房走出来后，激动地告诉记者：这是她在护理病人过程中，听到的印象最深刻的一句话。她感慨地说："他们挑战生命极限，创造了奇迹。"

目前，井下被困人员仍时刻让人牵挂。

在井口现场安排救护车，在运城市中心医院预留了足够的重症治疗床位，并配备了专业的救护人员、全套医疗设备和药品。

驰援！驰援！！驰援！！！

●3000大军云集现场。数万预备队员整装待发。后方动员一呼百应；

●电力巡检员孤身守卫供电铁塔，与日月星辰相伴8天8夜；

●最先进的通信设备移师王家岭，确保信息主动脉畅通无阻；

●千名武警公安民兵沿线值守，昼夜更迭，生命通道一路绿灯；

●志愿者活跃在大山深处、乡间小道；三架蒸笼，昼夜不停，一天蒸1.6万个馒头；

●上百新闻记者坚守一线，把激动人心的消息瞬间传遍大江南北……

井上井下，救援人员顽强突进；现场外围，救援力量源源不断……

一方有难，八方支援。在社会主义大家庭里，处处充满着无疆大爱。为保证与时间赛跑的大救援，电力、通信、公安、交警、民兵预备役指战员以及临汾、运城的社会各界，全力保障王家岭上3000人的抢救队伍，保障生命通道的畅通。

事故就是命令，抢险就是战斗。省军区司令员方文平少将率领几百名民兵预备役人员，第一时间赶到事故现场，维护秩序，参与救援，并且为陆续到达的救援人员搭起帐篷。

电力供应稳定，负荷能保证井下不断增加的水泵正常排水，成为此次抢险救援的关键，攸关被困人员的生命。

第一时间，电力部门赶赴现场，启动应急预案，对主供线路进行全面特巡，重点区域沿线蹲守。

巡视队队长白玉龙在偏僻的群山之中，几天几夜蹲点监视山顶上的一处重要铁塔。长时间的劳累，他流鼻血了，就用土办法“冷水浇头”勉强止血。领导劝他下山休息，他态度坚决：“临阵换人影响工作，我不能离开！”

陡峭的山势、遍布的荆棘、崎岖的山路——由几十名通信员工组成的抢险队伍就是在这样的环境下开始了抢险工作。

中国移动、中国联通、中国电信把最先进的通信设备搬到王家岭矿，王家岭架起生命的信息通道……

在通信应急车上已经连续工作一天两夜的通信保障人员樊海亮眼眶湿润：“多一格信号，就多一分希望。多一块载频，就能多一点信心。”

近千人的武警战士和公安民警值守在每一个岗位。

尧都区公安分局副局长任忠，带领100名巡警队员，在坑口沿线值守了5天5夜，没有洗过一把脸，没有睡过一个囫囵觉。记者看到，他们警容严整，一丝不乱。

在事故现场到河津市人民医院30多公里山路上，数百辆过往的车辆和上千行人主动停下来，为一辆辆呼啸而过的救护车行注目礼。

救援牵动着3400万三晋人民的心。

数日来，乡宁县毛则渠煤炭有限公司、乡宁煤校、乡宁昌平大酒店三套蒸笼，昼夜不停，加班加点，每天1.6万个馒头源源送往王家岭。

4月7日上午，在河津市做屠宰生意的王小龙开着车，拉着1000多公斤刚杀下的猪肉，走了40公里山路，送到了王家岭。老王把肉放在了矿工食堂，说这些肉给弟兄们改善伙食，补补体力。矿上要给他肉钱时，他摆摆手说，这个钱不能要，我没能亲自参与救援，送点肉也算尽点心。

临汾实打实电工材料批发部29岁小伙张华杰，不仅将1.6万余元物资捐赠给指挥部，还在自己的安全帽上印上“实打实义务电工”的字样，协助救援人员进行临时电路维护和排查10个昼夜，“实打实”地实践志愿精神。

救援牵动着亿万国人的心。

4月2日，救援指挥部来了一位身材魁梧的老人，从口袋掏出2万元要求捐赠。这位老人是1949年8月震惊全国的“车七透水事件”中31名获救的矿工之一，那时他才13岁，是共产党救了他。那次矿难造成200多人遇难。往事在目，听说工人弟兄受困后，这位75岁的老人专门从山东淄博赶来。他说，相信在党的坚强领导下，被困井下的工友一定会获得重生。

4月5日，全国总工会向王家岭矿“3·28”透水事故抢险救援指挥部捐款200万元。截至目前，指挥部收到各界捐款2000多万元，物资不计其数。

在救援现场，还有一支特殊的队伍，这就是来自全国的几百名新闻记者。他们风餐露宿，克服困难，把救援的每一项进展迅速传递到全世界。他们用自己肩上的镜头和手中的笔，为救援工作鼓劲加油。

从抢险救援初期的焦急等待，到耳闻从井下传来敲击钻杆的“生命之声”；从见证首名获救工人成功升井，到随同获救人员转诊太原，在每一个惊心动魄的现场，每一个热泪盈眶的时刻，记者的心脏和抢险救援共同跳动，记者以及他们身后的媒体都用自己的行动发出共同的心声：让平安伴随每一个人！

事故抢险救援工作行将画上一个句号，但是所有人的心里都沉甸甸的。我们唯愿，遇难者付出鲜活生命的惨痛代价成为一个终点，并成为安全生产工作一个新的起点。

4月12日凌晨，遇难者升至33人，井下仍有5人被困，抢险救援队伍现正全力加紧搜救。指挥部要求，连续作战，坚定信心，千方百计，争分夺秒，抓紧排险。

坚持、坚持、再坚持，抽水、抽水、再抽水，救人、救人、再救人！

“王家岭大救援”是一笔宝贵的精神财富：4月15日，山西师范大学党委宣传部在田家炳书院以图文形式，展示王家岭大救援以来的每一个难忘瞬间，旨在使广大师生全面了解党中央、国务院坚持以人为本、尊重生命的务实和责任，感悟不惜一切代价营救被困人员的坚定决心，感悟万众一心、众志成城的巨大力量。

王家岭大救援之尾声

从左至右：李宁波、孙荣祥、管喻、齐作权、李宏伟、赵向南

行文至此，本已该结束。

但我们还想说几个关键词，为本书殿后。

永载史册 在我们发出上述8封纪实邮件之后，华晋焦煤公司王家岭矿“3·28”特别重大透水事故抢险救援工作那最关键、最紧张、最揪心、最感人的场景已然过去，目前进入收尾阶段。据中央电视台消息，至14日，除了115人成功获救，其余被大水围困井下的38名工友中有37名遇难。另有1名工友仍在搜救中。4月14日出版的《山西日报》报道，4月13日，国务院成立了事故调查组，事故调查工作全面展开。很快，这场感天动地的大救援就要成为历史。成为历史的并非都会被历史记住，而王家岭的大救援百分之百会载入史册。本书作为此次重大事件的真实记录，也将成为这段历史的佐证。

急就章 来自“3·28”透水事故抢险现场的这8封邮件，计10万文字，百余幅图片。联缀而成的这本《王家岭大救援》，其实是典型的“急就章”。为啥？因为就在115名获救人员刚刚出井送进医院接受治疗的时候，山西人民出版社社长兼总编李广洁和副总编辑石凌虚就打来电话提出了稿约。当时我们的记者还都正在各自的口上采写报道呢。抢险救援工作夜以继日，他们的采访报道也夜以继日。常常熬到凌晨三四点钟才能合眼。睡上一会儿又得起床开始新的报道。接受不接受这约稿任务？大家商量之后认为此次经历格外特殊，作为亲历者，如实记录是职责所在。那就只有发扬王家岭抢险救灾精神，豁出去硬着头皮紧一紧了！

石凌虚副总编不断打来电话通报出版社的工作准备情况：责任编辑已确定了，书的封面开始设计了，书的出版信息和广告宣传品已经发出去了……他们实际上不仅确定了这本书的书名、框架，就连印刷出版的时间表都一一排定了！“20号，就这个时间。”石凌虚说，“李广洁社长说20号必须把书印刷装订出来，21号举行图书发布会，22号要上成都全国书市。以20号为界，现在已经开始10天倒计时了。”而此时，也就是4月10日的时候，为本书撰稿的记者们还都在各忙各的，一个字未曾着手呢！好在紧锣密鼓的大报道已经过去，采写任务相对轻松多了。于是大家卸下十几天来在王家岭上积累的极度疲惫，重整精神，开始点灯熬夜地撰写“邮件”。“用王家岭抢险救援精神写王家岭抢险救援”，这成了大家互相勉励的话。4天5夜之后，初稿先后拿出来了！

为了抢抓时间，山西人民出版社干脆委派此书的责任编辑员荣亮登门找作者进行稿件初审。这也是文化体制改革以后山西出版界出现的新鲜事儿——编辑到作者的写字台前编审稿件。这样肯定有利于作者和编者的沟通和协作，使编辑工作靠前进行，保证了进度。与此同时，摄影记者孙荣祥也把自己现场拍摄到的照片送到了责任美编手中。

这本《王家岭大救援》的图文就是这么“赶”出来的。由于我们的撰稿记者大多都是第一次参与这样的“急就章”写作，时间紧，任务急，经验少，工作量大。加上他们在这次数千人参加的、既有井内又有井外，既有山上也有山下，既有国家、省地领导又有抢险救援专业人员和普通民众的场面特别宏大的救援过程中，不可能把每个场景和细节都了解得十分清楚，所以，它难免不太全面、不太完善和缺乏文采，甚至遗漏和错谬都可能存在。但是，这些文稿都是他们以自己的亲眼所见、亲耳所闻、亲身所感写成的。它沾着煤黑，渗着泥水，透着汗腥，带着王家岭上的烟尘和霜露，是真正的“原生态纪实”，可以给读者最真实的第一手感受。更兼李广

《山西日报》记者管喻（右二）、李宏伟（右一）采访救援队员。

山西日报记者孙荣祥（中）在井下采访

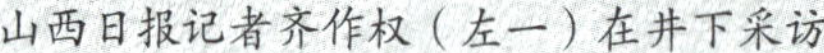

山西日报记者齐作权（左一）在井下采访

山西日报记者李宁波（左一）在现场采访

洁社长两次详细通读书稿，仔细把关，大刀斧正，使本书体例更妥，结构更佳。

守望者　4月10日，山西日报参加王家岭大救援采访报道的3名记者最后一次来到了“3·28”透水事故抢险救援现场碟子沟。此时救援工作仍在加紧进行。就在距离事故井口最近的一座小山崖上，他们看见了一位老农民。老农迎着山风一动不动地站在崖头上，居高临下，凝神地看着山下的井口和井口周围的救援设备，还有执勤的武警官兵和救援队员。上前与老人家攀谈，才知道他叫曹岱江，今年62岁。就住在距事故井口直线距离不到300米的碟子村。他说：“3月28号我听说井下透了水，不少人被困在里面，我就急忙跑到这里来看。因为抢险救援开始了，车多人多，道路戒严，我到不了跟前。站在这里，啥也能看得清楚哩！”

曹老汉说，第一天他看到大半夜才回家睡觉。当晚他看到一辆辆的大车小车开来了，井口边还来了国家和省里的大领导。第二天天不明他又跑到崖头上来看，嘿，一夜之间，很多设备和器材都拉来了，帐篷搭满了原来的空地，穿军衣的当兵的和穿橘黄色衣服的救援队站满了场地。大概是救人开始啦。4月4号白天，他发现山上山下的道路上排满了救护车，妈呀，一生也没见过这么多的车！回到家，从电视上看报道说井下发现了被困人员的灯光，救援队就要下井啦，于是急忙又跑到山头上来看。山风很凉，他顾不上这些。一直站在那里等着看人到底能不能救上来。夜深了，曹老汉还不肯回家。突然，他看见穿着救援服的人抬着担架出井啦！他高兴得真想喊叫几声……还是党和政府有办法，还是救援队有办法！曹老汉在心里称赞着，一边瞪大眼睛看着井口，一个个被救工友抬上了救护车，呜呜叫着向山下驶去。曹老汉一个一个地数着，共数到9抬担架，9辆救护车。好，有9个人获救了！

次日上午，曹老汉从电视上再次看到又有人抬出井，就急忙跑到崖头上看。果然，这次救出井口的人比凌晨救的那批多得多，他数着数着就数不过来了。哎呀，真了不得哇！他大声喊叫，欢喜得不得了，连忙跑回去告诉村里人和家里人，和他们分享喜悦。曹老汉的老伴腿疼不能走路，就坐在炕上看电视，白天黑夜电视机都不关。他的儿子叫曹科泽，也是每天都在关注碟子沟里的事情。他腿脚好，直接跑到1号和2号钻孔那里去看，看回来就跟家里人讲。全家人简直喜疯了……

"到今天这个时候，井下又发现了23个人，可惜他们都……你们看，这救援大军都还没撤哩，井下的15个人也能找到哩！"曹老汉说完，又站在了崖头上，凝神朝井口望着。在他脚下的悬崖上，长着两株枝叉旺盛的山杏花，一株开着粉红色的花朵，另一株开着雪白的花朵。曹老汉说，这开红花的，是那被救出来的115名兄弟的笑脸，而那开白花的呢，是人们对遇难工友们的沉痛的悼念。说得多好啊。其实，曹老汉和全国无数民众一样，都是生命的虔诚的守望者……

守望者

出版后记

2010年3月28日，乍暖还寒、春花初放的山西王家岭，发生了一场特大透水事故，惊天动地的呼喊声中，153名矿工兄弟被这凶猛的灾难裹胁在250多米深的矿井里，命悬一线。胡锦涛总书记和温家宝总理紧急指示，国务院副总理张德江紧急赶赴现场，山西省委、省政府和国家安监总局、国家煤监局的领导同志紧急指挥，全国有关部门和几千名救援人员紧急驰援，一场感天动地的生命大救援迅速展开。党和政府强有力的组织，数千名兄弟姐妹的同胞亲情，井下被困人员对救援的信心和对生命的渴望，共同创造了一个感动中国、感动世界的救援奇迹。

在全国人民热切关注救援工作的非常时刻，我们山西人民出版社快速反应，邀请山西日报安排奋战在王家岭救援一线的山西日报记者，以最快的时间撰写这部《王家岭大救援》报告文学，用图书的形式更加完整、翔实地向全国和全世界介绍这次感天动地的大救援，传达着让人久久难以平静的感动和感悟。6位可爱的一线记者日夜在煤尘中奔走，在泥泞中穿梭，以泪眼观察，用心灵撰写，及时给我社发来一篇又一篇浸透深情的文字、一幅又一幅充满感动的照片。我们山西人民出版社的编辑出版团队也日夜工作，争时间，抢进度……。仅仅十多天，我们的记者和我们的出版人以奔跑的速度完成了选题策划、组稿、写作、编辑、校对、设计、排版和印刷出版，将这裹着春意的感动呈献给广大读者。

由于本书直接来自救援现场，难免存在一些缺憾，我们将在此后的重版中认真修订和完善，欢迎广大读者提出宝贵的意见和建议。

谨以此书献给参与王家岭大救援的人们！

献给王家岭115名生还的工人兄弟！

献给王家岭38名不幸遇难的工人兄弟！

图书在版编目（CIP）数据

王家岭大救援：“3·28”透水事故救援现场纪实／管喻等．
—2版．—太原：山西人民出版社，2010.4
ISBN 978-7-203-06795-5

Ⅰ．①王…　Ⅱ．①管…　Ⅲ．①报告文学－中国－当代
Ⅳ．①I 25

中国版本图书馆CIP数据核字（2010）第061679号

王家岭大救援：“3·28”透水事故救援现场纪实

撰　　稿：管　喻　李宏伟　齐作权　李宁波　赵向南
摄　　影：孙荣祥

选题策划：李广洁
出版统筹：石凌虚
责任编辑：员荣亮　郭永慷　谢　成
装帧设计：阳光

出 版 者：山西出版集团·山西人民出版社
地　　址：太原市建设南路21号
邮　　编：030012
发行营销：0351－4922220　4955996　4956039
0351－4922127（传真）　4956038（邮购）
E－mail：sxskcb@163.com　发行部
sxskcb@126.com　总编室
网　　址：www.sxskcb.com

经 销 者：山西出版集团·山西人民出版社
承 印 者：山西出版集团·山西新华印业有限公司

开　　本：787mm×1092mm　1/16
印　　张：12.5
字　　数：260千字
版　　次：2010年4月第1版
印　　次：2010年4月第1次印刷
书　　号：ISBN 978-7-203-06795-5
定　　价：39.00元

如有印装质量问题请与本社联系调换